冰心儿童图书奖获奖作家作品

幸福的轮回

游 睿 / 著

中国书籍出版社

图书在版编目（CIP）数据

幸福的轮回 / 游睿著. —北京：中国书籍出版社，2018.3
ISBN 978-7-5068-6807-5

Ⅰ.①幸… Ⅱ.①游… Ⅲ.①小小说—小说集—中国—当代 Ⅳ.①I247.82

中国版本图书馆CIP数据核字（2018）第062746号

幸福的轮回

游 睿 著

丛书策划	牛 超 蓝文书华
责任编辑	牛 超
责任印制	孙马飞 马 芝
封面设计	天下装帧设计
出版发行	中国书籍出版社
地 址	北京市丰台区三路居路97号（邮编：100073）
电 话	（010）52257143（总编室） （010）52257140（发行部）
电子信箱	eo@chinabp.com.cn
经 销	全国新华书店
印 刷	北京一步飞印刷有限公司
开 本	710毫米×1000毫米 1/16
字 数	240千字
印 张	12
版 次	2018年6月第1版 2018年6月第1次印刷
书 号	ISBN 978-7-5068-6807-5
定 价	32.00元

版权所有 翻印必究

目录
CONTENTS

我就站在你窗外……………………………001
走在眼里的风景……………………………005
母亲的工作…………………………………008
让我站起来…………………………………011
贴在门上的眼睛……………………………015
1.73米的父爱………………………………018
点燃一个冬天………………………………020
一只鹰住在我对面…………………………023
爷爷的存款…………………………………027
母亲的闹铃…………………………………031
寻　找………………………………………034
买　脸………………………………………038
满城乞丐……………………………………041
打电话的民工………………………………044
妙用男装……………………………………047
一杯水的游弋………………………………050
城市的钥匙…………………………………053
其实，你不懂城市…………………………056
究竟谁怕谁…………………………………059
剩饭饿了吃…………………………………062

标准价值 065
西　服 068
幸福的轮回 071
一只土碗 074
脆　弱 077
底　气 080
逃 083
皮小毛害怕什么 087
偷　吃 090
葬　腿 093
叛变的警服 095
暗　杀 098
彩虹的背面 101
欠　账 104
谁动了我的纸条 106
足　疾 109
背　疾 112
额　疾 116
面　疾 119
指　疾 122
心　疾 125
脑　疾 128
牙　疾 131
冠　疾 134
出售刀疤 137

讨　债……………………………………………… 140
不要在街上奔跑…………………………………… 144
我把王小洋弄丢了………………………………… 148
幸福的疼痛………………………………………… 151
失窃事件…………………………………………… 154
职业带路人………………………………………… 157
永远的呐喊………………………………………… 160
拳　王……………………………………………… 163
鼓　手……………………………………………… 166
塞翁失马…………………………………………… 169
苦胆汤……………………………………………… 171
画蛇添足…………………………………………… 173
惊弓之鸟…………………………………………… 176
治　病……………………………………………… 179
跪…………………………………………………… 182
解　药……………………………………………… 185
杀人唾沫…………………………………………… 188
琴　王……………………………………………… 191

我就站在你窗外

我的工作，属于很特殊的那类。至于是什么工作，到文章的结尾你就知道了。

我们的老总最近搞了一次改革，改得很让人难受，把我每个月的月薪和我的工作量挂了钩。为了按照新改革方案顺利拿到工资，我不得不每天游移在大街小巷。干我这一行的，以前总是凭运气干的，运气好的话一天可能有你想不到的收获。可是现在做我这行的人比较多，而且我们的目标越来越狡猾，有时候你抓也抓不到。

很多时候，我总是把耳朵张得大大的。我没做别的，我是在听哭声。有哭声的地方就是我的希望之地。

是你的哭声，把我拉到你的窗外。

我静静地看着，我就站在你的窗外。你还那么小，我并不在你身上抱任何希望。你坐在床上，痛苦地用双手抱着头，你不断哭泣的时候有一个中年女人在安慰着你。我想那是你妈妈吧。

你说，他来了，我感觉他就在窗外。

你妈妈瞪了你一眼，往窗外看了看。凭你妈妈的眼睛当然看不到我。所以你妈妈说，谁？你胡说什么？来，吃点东西。接着她就把碗递到你的嘴边。

你猛地把碗推开。你说，不要给我吃东西。我不要吃东西。前两天我看电视，有人吃一个骨头没吃下去就噎死了。

可是这里面没有骨头呀。妈妈说。

没骨头我也不吃。谁知道你这里面用的什么作料，这里面有没有毒，如果有，吃了会被毒死。你说我不吃，不吃。

妈妈无奈地看了看你，然后顺手拿了把刀。你顿时吃惊地尖叫起来，你吼道，把刀放下，把刀放下！妈妈也被你的吼声吓住了，她连忙放下刀，问怎么了？

你说你拿刀干什么，快把刀扔出去。有一个杀人犯就是用这种刀把人杀死的。

妈妈说我准备给你削一个梨，你不吃东西吃个梨吧。

那就更不能了。你说，有一个人削梨的时候一不小心刀划到了手腕上，最后动脉血管断了，那个人就死了。

妈妈说那是意外呀。如果你实在不想吃东西，就出去走走吧。那样对身体有好处。

出去走走？你连忙摇头，你说我不走，我不走。外面那么多汽车，每天都要出车祸，谁敢保证我不出车祸不被撞死或压死？还有我们住在这么高的楼上，下楼梯的时候谁能保证我不会像隔壁孙奶奶一样摔死？

你这孩子。妈妈有些生气了，你说什么呢你？哪里有那么多倒霉的事？

你说，真的，我说的真的。然后你又说，啊，他来了，他来了。你说他就在窗外。

你妈妈连忙到窗户前看了看，你妈妈当然没有看到我。你却急急地叫住你妈妈，你说别过去呀，那里危险，不是有好几个小孩和老人都是从窗户那里掉到楼下跌死的吗？

那里有什么呀？你妈妈急了，然后摸了摸你的额头，弦子，你是不是病了，我想我得带你去看医生。

不要，我不要看医生。你连忙说，医生会拿错药，把你误诊。如果要动手术，弄不好会把你割死。就算我有病，他们也不一定能治疗好，最后还是要死。这些事你又不是没听说过。

你妈妈生气了。她说，你这孩子，怎么了，真让人着急。

不，你千万别急。没听说有人一急了就吐血，然后倒地就死了吗？

唉！妈妈叹了口气说，那你睡一会儿吧。睡一会儿就没事了。

不，我不睡。谁知道我一觉睡了还能不能醒来。许多人睡了之后就醒不来了，万一发生了地震怎么办，万一煤气泄露怎么办，万一房子塌了怎么办，万一遇到恐怖组织怎么办，那我不都得死吗？我不睡，你哭着说。

我真拿你没办法！妈妈说，等着，我得给医院打电话。说着妈妈准备转身出去。

这时你又尖叫起来。啊，他就在窗外，就在窗外。妈妈，你不要走，我怕！

妈不走就是了。你妈妈又折回身来。我把电视打开，看看电视好吗？

不要呀，你连忙说。别碰电视。万一电视漏电把你电死了怎么办，你没听说过这样的事吗？再说电视突然爆炸了怎么办，那我们俩不都得死吗？

那我们俩就这样坐着？妈妈问。

不，我不能这样坐着。这样我们会很快老掉，老了也会死。

你究竟要怎样？

我不知道。不知道该怎么办，为难死我了。你说，我知道他就在窗外，他会进来的。我怕。

怕什么？你爸有枪呢。妈妈突然说。

枪，不要。枪走火了会把人打死。

你在屋里和你妈妈这样不停地说着话。你说蚂蚁会爬到人的耳朵里把人脑髓吃掉让人死去，蛇会把人咬死，就连家里的狗也会把人咬死。你说处处都是死，随时都是死，太可怕了，太可怕了。

我在窗外静静地看着你，我笑了。我说过，你太小，我在你身上不抱什么希望。可是我现在发现你很了解我，我的所有手段似乎都被你看穿。所以我不打算走开，我知道很快你就要随我来的。至少，你不吃饭要饿死。

　　现在我不说你也知道我是做什么工作的了。死神其实也就是我这样一个为我们老总卖力的员工。我们的老总总嫌他那里的工人不够多。我每带去一个人，他都会给我一笔奖金。为此，我随时就站在你的窗外。

走在眼里的风景

虽然叫不出女孩的名字，但男孩还是觉得，自己该和女孩发生点什么了。

每次路过步行街，男孩都会遇到那个女孩。女孩在步行街开了个服装门市，生意似乎很好。但男孩每次路过的时候，女孩都会站在门口。女孩很漂亮，爱笑，有对可爱的小虎牙。

男孩是有女朋友的。男孩的女朋友在一家理发店上班，那同样是一个爱笑的女孩子。男孩之前一直很爱自己的女朋友，每天上班和下班，男孩都会等着自己的女朋友一道。有时候，男孩会体贴地给女朋友提包，给她买冰淇淋，或者给她擦脸上的汗水。男孩的女朋友喜欢挽着男孩的手，然后一起路过步行街。而男孩就在那时候发现女孩和她的目光的。

男孩发现，女孩看自己的目光很专一。好几次，男孩走了好一段距离之后回头时，仍然看见女孩的目光贴在自己身上。男孩的心里，渐渐就多出了些想法。

有时候，男孩也会一个人路过步行街。他同样会看到那个女孩。女孩似乎已经掌握了他在什么时候路过一样，每次她都站在门口。他们并不说话，只是睁大眼睛看着彼此，走了很远之后还在看。偶尔，他们还会像老熟人一样，远远地冲对方笑一笑。

又渐渐地，男孩的脑子里对女孩的记忆就更加深刻起来。男孩发现，女孩从来就是一个人站在门口。她会不会没有男朋友呢？怪怪地，男孩希望她没有男朋友。

男孩开始不怎么爱去接自己的女朋友了。他更喜欢有意识地路过步行街，喜欢看那个女孩。可是，男孩却不知道女孩究竟是什么心思。男孩决定有意识地测试一下。于是连续几天，男孩都刻意不从步行街路过。他远远地躲着，看见女孩一次又一次出现在门口张望，直到天黑了，女孩才失望地关上门。而几天后，男孩再次出现在步行街的时候，他看到了女孩久违的眼神。女孩的目光里竟有着一丝欣慰，那目光一直贴在男孩的身上。

第一次，男孩和女朋友吵架了。男孩自己也不知道，是不是因为那个女孩。

但他清楚地知道，自己对女朋友的爱已经不再那么专一。尽管，大多数时候，女朋友还是和他一起上下班。

男孩想，万一，万一自己和女朋友分手了，我一定向那个女孩表白。

没过几天，男孩又和女朋友吵架了。女朋友说，你对我越来越不好，我们分手吧。男孩想了想说，那就分吧。

男孩依旧路过步行街。只是，一直都是一个人了。女孩依旧用那种目光看他。男孩的心为此激动不已。于是他觉得，反正走到这一步了，不如找个机会表白。

男孩特意穿了套新衣服，头发梳了又梳。再次路过步行街的时候，他第一次走近女孩。男孩说，我可以找你聊聊吗？女孩莞尔一笑，女孩说好呀，正好，我也有事给你说。

男孩兴奋不已。

但站在女孩面前，男孩竟然有些扭捏了。女孩看了看男孩说，你先说吧。

男孩说，还是你先说吧。

女孩说，你女朋友呢，怎么没看见她了？

男孩说，分手了。

男孩还想说，正是为了你才分手的。但男孩还没说完，就看见女孩脸上竟然有了吃惊的表情。女孩说，你们怎么分手了呢？你们怎么能分手呀！这下惨了。男孩也吃了一惊，男孩说，怎么，你很意外？

女孩说，你们关系不是那么好吗？我一直都很羡慕你们，把你们当成恋爱的榜样呢，你们怎么能分手。快告诉我你说的是假的。

男孩急忙说，是真的，我们真的分手了。

女孩又说，惨了，惨了！

女孩话音未落，另外一个男孩走了过来。这个男孩哈哈一阵大笑，然后在女孩的脸上亲了一下狡黠地说，怎么样，这回你总得承认输了吧，下个月的衣服和碗你洗定了。

男孩呆若木鸡。

母亲的工作

屋里很静，电视机里广告像侵略者一样争抢着每一寸吸引人的空间。女人拿起遥控器，把电视关了。无聊，极端无聊。

这是儿子成亲后的第一天。男人依旧在自己的公司忙碌着，女人感到了从没有过的失落。女人走进自己的房间，拉开抽屉开始一样一样翻看里面的东西。最后女人从抽屉里拿出了一本红彤彤的毕业证书。

这时门开了。女人吃惊地抬头，看见刚刚新婚的儿子正站在门口冲自己微笑。儿子走到女人身边，说找什么呢？

女人说，我觉得待在家里闷得慌，想出去找份工作。

儿子睁大眼睛说，您？到现在了还出去找工作，有必要吗？

儿子的话没错。其实女人的男人和儿子都很有成就。

女人说，我只想尝试一下工作的滋味。你知道吗儿子，我其实也是名牌大学毕业的，可是从学校毕业以来我没有上过一天班。现在，我想出去上几天班。说着，女人把那个毕业证书递给了儿子。

儿子打开证书，脸上有了吃惊的表情。您是从这么好的学校毕业的？而且专业又相当不错，怎么没参加工作呢？不会是别人不要吧？

女人说，我根本没有机会参加工作。我其实一直都想找份独立的工作。所以当初你爸到我们学校招聘的时候，我才会认识他。最后他让我到他那里去工作。

那您不是工作过了吗？儿子说。

没有，我刚刚毕业，我的肚子里就有了你。于是你爸和我结了婚，然后我们住在了这套房子里。我就想，等你出生以后再去参加工作。女人说。

后来你怎么没去？

你出生以后，很可爱，但身体不怎么好。我不可能一生下你就抛开你去工作吧。所以我想等你断奶以后再去工作。

那就断奶以后去呀。儿子有些不理解地说。

你断奶以后挑食挑得厉害。打算请个保姆我又不放心。我怕你瘦，要让你跟上营养。所以我想等你再大一点了去工作。

儿子说，可您后来还是没去？

等你再大一点了就开始上幼儿园了。你上幼儿园我得天天送你接你呀。你那么小，经常在幼儿园哭鼻子撒尿，我还得跑来给你换衣服。所以我没去参加工作。

那就等我上小学了参加工作呀。儿子说。

女人说，我也是这么想的。可是你上小学以后，我依旧要担任着接送你的任务，不光如此，我还得带着你去参加这样那样的培训班。在你上课的时候，我又忙着买这样那样的资料。还有给你买你喜欢的衣服，给你准备你爱吃的食品。

我小学毕业以后你可以参加工作了呀？

你小学毕业以后我就更加不能了。初中阶段正是你发育阶段，你的个性成长的关键阶段。这段日子，我虽然不用来接送你上学放学，但是我天天都忙于了解你的状况，生怕你有一点点意外。

我上高中呢？

高中比初中更关键了。要为你高考做准备，你忘记了你高中阶段我几乎在陪读吗？

我上大学的时候您完全可以参加工作的，儿子说。只是我太懒，还要您给我洗衣服，所以您没机会参加工作。

女人点头说，你大学毕业以后我又忙于你的工作安排了。

儿子说，我安排工作以后您又为我的婚事操劳了。

女人说，现在好了，我觉得现在我可以参加工作了。我一直想找份好的工作。

我不知道，我到底能不能干好一份工作，我也想尝尝那种依靠自己的劳动得到报酬的滋味。你知道，这些年来一直都是你老爸在给我们这个家挣钱。我觉得不能老这样。

儿子这时努力地叹了口气，然后望了望天对女人说，妈妈，你觉得你儿子怎么样？

女人说，很好呀。从小到大，你都是我的骄傲。你从名牌大学毕业，现在又担任着那么重要的工作。可以说，我儿子是个不可多得的人才。

儿子点点头，然后又点点头说，妈妈，我理解你。但我想说你不要再出去工作了。

为什么？女人睁大眼睛问。

儿子说，因为你很早很早就参加了一份工作，你一直认真地做着它，做得很好很优秀。你的每一份付出都有报酬呀！

什么？女人说，别开玩笑儿子，我参加什么工作了？

儿子这时流泪了。儿子扑倒在女人怀里。儿子说，妈妈，您的工作就是母亲呀。您看，您把这份工作做得多好！

女人紧紧地抱着儿子，听见儿子又说，妈妈，歇歇吧，您太辛苦了！

女人就欣慰地笑了。

让我站起来

青青一直是个很不幸的孩子。青青的家乡是一个群山环绕的地方，那些层层叠叠的山，环抱着层层叠叠的贫穷。贫穷本来算不上青青的不幸，但青青从生下来那天开始到十九年后的今天都无法站立，她的脚患有先天性疾病，此外青青的背上还长着一个巨大的肿瘤。这样一来，如果要治病，贫穷就成了青青诸多不幸中的最大不幸！

青青一直渴望能根除身体上的疾病，希望自己能站起来。她把自己的这种希望一直放在嘴边和眼睛里，用语言和泪水表达了许多次以后，父母终于从四面八方借来了一笔钱，然后带着青青到城里的一家医院去看病。

于是十九岁的青青第一次进了医院。青青想，只要进了医院，我就一定要站起来。

很顺利地，医生为青青做了手术，青青背上的肿瘤成功切除。但这时候父母的那笔款子也用完了。医生看了看青青的脚，又看了看青青的父母，说，这脚，先天性的，没法治疗！

青青是个很要强的女孩。她想，医生怎么可能治疗不好我的脚呢，不，我一定要治疗好。但青青知道，父母已经没有办法找到钱了。而没有钱医生肯定不会再治疗。青青觉得很失望，她觉得自己永远失去了站立的机会。所以在一个安静的下午，青青努力地爬到病房的窗口上，对所有看热闹的人说，不要过来，我受够了，我要跳下去！

青青最终没有能跳下去。一群消防队员把她救了下来。青青要跳楼的事，得到了许多人的关注。这其中，包括一位记者。记者没有亲自到医院来采访，他给青青打了个电话。青青听见电话那头一个温暖的声音对她说，我是记者，告诉我，你为什么想到跳楼。

青青就把自己多年来的委屈和不幸向记者娓娓道来，说到最后，青青伤心地哭起来。她不知道对方多大年龄，但她像抓住一根救命绳一样哭着喊，叔叔，你救救我，我只想站起来！一阵良久的沉默之后，青青听见电话那头的记者说，你要坚强起来，我马上写稿子发动社会为你募捐，你一定要坚强。

青青后来听医院里的护士说，记者很厉害，如果他们发动募捐可能为你筹到很大一笔款子的。青青听到这个消息以后，情绪稳定了许多。她仿佛看到许多许多人给自己捐款，然后医生给她做了手术，她顺利地站了起来。

青青要了那位记者叔叔的电话。一天之后，青青就迫不及待地给记者打了电话。叔叔，有人为我捐款了吗？记者说，报道刚发，快了。又过了一天，青青再次打电话过去，得到的仍是同样的回答。此后青青几乎天天打电话，问有没有人给自己捐款，捐了多少。

又一次打电话过去，记者在电话那头沉默了一会儿。记者问青青你今年多少岁了。青青记得这个问题之前记者曾经问过，但青青还是回答说十九岁。记者哦了一声，记者说，我一直觉得你是个小孩子呢。所以，我刚刚去买了一个玩具娃娃准备送给你，可是途中我不小心把腿给弄掉了一条。既然你十九岁了，我就送你其他东西吧。

青青连忙说，还是送给我吧，我很喜欢。记者说，那好吧。

当天下午，青青就收到了记者送过来的玩具娃娃。这个玩具娃娃模样十分好看，圆圆的身子长长的腿，只是少了一条腿娃娃怎么也站不稳。说实话，青青从来没有玩过玩具娃娃，本想好好玩一玩，可是一看到那个娃娃少了条腿，青青就觉得像自己。所以青青很不开心。

第二天上午，青青忍不住打电话问记者有没有人给自己捐款。记者依旧说，快了。有人捐了我就到医院来找你。此后的好几天，青青都要打电话问记者，记者都这么回答。

这天下午，青青突然接到记者的电话。记者说，我来医院了，你来见我吧，对了，你把那个玩具娃娃也带上。

青青忍不住自己心中的兴奋，难道有人为我捐款了？很快青青就被护士用轮椅推进了一间办公室。办公室里，坐着一个看上去只有二十多岁的年轻人。护士介绍说，这就是给你打电话的那个记者。青青大吃了一惊，你这么年轻，我还以为你是个叔叔呢。

记者嘿嘿地笑着。记者说，娃娃带来了吗？

青青就把一条腿的娃娃放在了桌子上。由于少一条腿，娃娃倒在桌子上，很难看。青青说，是不是有人给我捐款了？

记者看了看青青。记者说，青青，请原谅我没能帮到你。我把稿子发出去了，但是没有任何人捐款。我问了医生，你的病的确不能医治，所以你得正确面对。

什么？你骗我。青青的眼泪夺眶而出。你为什么骗我？青青埋头大哭起来。青青听见记者说，哭吧，想哭就哭吧，我能理解你的心情。

哭了好一阵之后，青青冷静了许多。青青一直没听见记者再说什么。她抬起头，看见记者正拿着那个玩具娃娃往桌子上放。由于差一条腿，娃娃总放不稳。记者索性就将那条腿取了下来，然后将娃娃拿在手中。

记者把没有腿的娃娃递给青青。记者说，放到桌子上看一看。青青就把娃娃放在了桌子上，娃娃的身子竟然立在了桌子上。记者说，你再推一推。青青不明白地看了看记者，用手推了推半截身子的娃娃。那身子摇晃一下之后，居然仍稳稳地立在那里。

不倒翁！青青眼睛一亮，原来这是个不倒翁？

是的，失去双腿的娃娃就应该是个不倒翁。记者说，失去双腿了我们也要站起来呀。说着，记者的身子从办公桌前面移了出来。青青看到记者的身下，竟然坐着一辆和自己的一模一样的轮椅。

记者又说，其实一开始我就知道你的腿是不可能治疗好的，和我的腿一样。所以我骗了你,我的职业不是记者,我在一家公司上班。

青青愣愣地看着眼前的这个与自己年龄差距不大的年轻人。半晌,一滴眼泪她从眼角无声地滑落。

青青说,叔,你能帮我在城里介绍一份工作吗?

贴在门上的眼睛

这天中午,张刚拿起粉笔,在墙上为第六个即将成型的"正"字添上了一笔。然后,张刚拖出床底下的大包袱,把自己的行李又放了一样进去。还有三天,也就是说墙上的第六个"正"字只差三笔就完成了。当第六个"正"字完成的时候,就是张刚下决心离开花木村村校的时候。

张刚摸出女朋友雯儿的照片,看了看,又凑近看了看。张刚发现雯儿的那张脸比自己记忆中的还要美。就快一个月了,在这所一阵风就能刮垮的学校里,张刚没有给雯儿打电话,想打,没电话。临走的时候张刚对雯儿说过,我就去一个月。雯儿说,一个月你不回来呢?张刚说,准回来,我本来就不想去,要不是我爹妈逼我,我一天也不想去。雯儿说一个月你不回来我就不理你了。张刚点头说准回来。

想到马上就可以回去见到雯儿了,张刚乐了。张刚关了门,捧着雯儿的照片,躺在了床上。张刚想做一个梦。在学校的这些日子,张刚一有空就想做梦。这里没有电话,没有商店,没有朋友,没有想有的一切,但就有一张可以做梦的床。可张刚总是睡不着。一闭上眼睛张刚就想起在来这所学校的路上听说的关于这所学校的一个故事。说许多年前有一个年轻老师和自己一样被分到这里来教书。可是由于这里条件艰苦,女朋友和他分了手,年轻老师为情所困,上吊自杀了。

正在这时候,张刚突然发现寝室门上那个破洞里竟然有一只眼睛。那只眼睛正朝里面张望呢。

谁？张刚顿时觉得一股凉气从脚底迅速爬上头顶。

张刚咳嗽了一声，算是给自己壮壮胆。张刚怯怯地问了一声，谁？但张刚这一问，那只眼睛马上就不见了。张刚又给自己壮了壮胆，然后猛地一把拉开门。门外空空的，别说人影，就连鸟叫声都没有一点。

张刚慌了，自己刚刚明明看到了一只眼睛，怎么就没人呢。是不是跑了？那他又是谁？他在看些什么？张刚越想越复杂，越想越害怕。张刚重新躺到床上，就更加睡不着了。

就这样约莫过了十几分钟，张刚抬起头，发现那个小洞又有一只眼睛在往里面看。这回张刚没有犹豫。他跳起来，一把拉开门。但还是晚了，张刚没有看见是谁。不过，张刚却看到了一个小小的背影。很明显，那是一个学生模样的背影。通过这个背影，张刚排除了一些可怕的想法。张刚断定，这个把眼睛贴在门上看自己的人可能就是自己的学生之一。

可是张刚还是不能平静。就算是自己的学生，那么他想看什么？带着这个问题，张刚决定一定要查出这个人是谁。张刚动了动脑子，立刻就想出了一个办法。他把红色的粉笔用水浸泡了一阵，然后在那个小洞上涂了一圈。张刚想，只要谁再把眼睛贴在门上看，他的眼睛上就会留下红色的痕迹。到时候我就知道他是谁了。

这回，张刚放心地躺下了。而且很快他就做了一个梦，梦见雯儿和自己正在甜蜜地拥抱呢。当张刚梦醒了之后，他发现那个门洞上依旧有一只眼睛。张刚不慌不忙地打开门，然后径直走进教室。

坑坑洼洼的教室里，学生们或坐或站。看见老师进来了，教室里顿时安静下来。张刚站到讲台上说，请大家把头抬起来。张刚想，这下可以知道是谁了。

张刚一说完，教室里五十多个学生一下子都把头抬了起来，睁着大大的眼睛看着张刚。张刚把目光在他们脸上搜索了一遍。他想找到那个眼睛上有红色痕迹的学生。可是他发现，五十多个学生的眼睛上，都有红色的痕迹。

这是怎么回事？你们都在老师的寝室外看过吗？你们看什么？张刚忍不住有些生气了。

教室里静悄悄的。没有一点声音。所有的学生都低下头，一言不发。

说呀，你们要看什么，想看什么？

半晌，终于从下面传来一个怯怯的声音。老师，我们就想看看你寝室里那些城里的东西。

城里的东西？张刚一下子蒙了。我寝室除了台灯等一些再也平常不过的用品外还有什么？台灯你们也没见过？张刚觉得简直好笑。原来学生们一直要看的就是这些。

没有……又是低低的回答。

张刚看着低着头的学生，再次回忆起他们在门洞上看里面时的眼神。突然张刚感到心里被什么东西猛地撞了一下，撞得张刚生疼，撞得他眼睛里禁不住有了泪花。张刚放低声音，说看吧，看吧，以后你们想看就到我寝室里面来看，好吗？

三天后，张刚给雯儿写了封信。信里有一幅画，画的是一个破门洞上，贴着一只大大的眼睛。张刚在画下边写了一句话：雯儿，我对不起你。因为我害怕那一只只大大的眼睛。

1.73 米的父爱

高考了。夏天，成绩还没下来。热，闷。

你坐在堂屋，电风扇吐出来的热风始终舔不干你脸上的汗水。你看了看屋外灼热的阳光，对着里屋喊了句，爹呢？

娘边跑出来边在围腰上擦着手说，死老头子，不知道忙什么去了。

爹就在这时进来了。爹的脸上淌着汗水，皱纹立马堆出一堆笑容。说什么呢，来，儿子过来。爹招着手，叫你。

你不知所措地走过去。爹用手拍拍你的肩膀，站好，站直。这时你才发现，爹的手上原来早就多出了一把卷尺。来，爹给你量量。

无聊。你奇怪地看着爹，丢了一句话就转身进了屋。你心情不好，尽管那时你看见爹的手抖了抖。爹说，不量就不量，啊。爹的脸上依旧是笑容。

整个中午你都没睡好，你心里乱。当你开门出来的时候，看见爹正站在门口，爹的脚下踩着个小板凳，望着你笑。爹说，儿子，我给你说个悄悄话。你疑惑地把耳朵靠近爹，听见爹正一字一句地说，你的成绩下来了，考了六百多分，能上的。

你愣住了，接着跳了起来，真的吗，真的吗？

是真的，我亲自去看的。爹说。

太好了。你高兴得冲出了家门。但隐约中你感觉爹并没你想的那么高兴。

　　傍晚的时候你才回来。回来以后你才看到爹无比地高兴，那高兴劲儿是从来就没有过的。你奇怪，难道有什么事比我的高考成绩还值得高兴？

　　爹一把搂着你说，太好了，孩子，你的身高有1.73米呀。

　　你笑了，对呀，1.73米正是自己的身高。可是你怎么知道的呀？你问爹。

　　测量的呀，爹说。

　　测量？什么时候？

　　中午你起床的时候，我站在小板凳上和你说话。刚好那时我和你一样高。你走之后，我用我的身高加上小板凳的高度，结果是1.73米，这就是你的身高呀。爹接着说，其实上午我就知道你的成绩出来了。你报考的那个学校，对身高要求很严格，必须要1.70米以上的才能录取。你有1.73米就足够了，所以你是一定能取的。我才放心呀。

　　你不由得震惊，你低头，发现爹比自己矮了好大一截。爹的个子在你面前显得单薄而且渺小。你想象着这个比自己矮了很大一截的男人，是如何用卷尺先量他自己的身高，再量一个小板凳的高度的样子，你就再也忍不住紧紧地抱住爹的身体。你说，爹，1.73米的高度是你给我的呀，你又说，爹，对不起。

　　在爹拍着你的肩膀的时候，你流泪了。

点燃一个冬天

　　山村的冬天就是来得早，寒气在十月刚过就开着队伍盖天铺地卷过来。村里的人似乎都有些怕了，早上8点还没多少人起床，只有几根枯玉米秆子被寒气冻得瑟瑟颤抖。孙老师和自己的女人却早早起床了。

　　瘟天，又是下雨。女人没好气地骂着，一连倒了这么多天，天上的水也该倒得差不多了。

　　孙老师笑了笑。大块大块的煤早就堆在了操场的角落。孙老师说，生火吧，我已经听见孩子们的脚步声了。

　　女人望天，叹气。瘟天！女人又咧咧地骂。走路的时候一步比一步用力，只差把地踏出一个坑。女人用了几块木炭放在了煤的中央，然后嗤地划了根火柴。瘟天，再下雨我们这冬天就无法过了。女人说。

　　孙老师知道，女人说的是煤。这点煤是女人用背篓一块一块背回来的，女人背煤背得很辛苦。女人想用这些煤度过这个冬天。孙老师不说话，他听见了孩子们脚踏着水的声音。这声音渐行渐近。孙老师就想起他们沾满黄泥的裤腿，露出脚趾的胶鞋，贴着脸皮的头发和准备钻进嘴里的鼻涕……孙老师说，但愿这是最后一个雨天。

　　这时孩子们来了。整整齐齐地叫了一声老师好。孙老师喂喂地应着，说放下书包，快来烤烤，烤干身上我们马上上课。学生们就如一群鱼儿一样游在那堆火旁边，一边伸出湿漉漉的裤腿和鞋，一边在雾气里说着谁早上没等谁，谁昨天放学后看见孙老师做什么了。孙老师笑着招呼，都来烤烤，别冻着了。

女人在一边默默地看着。半晌，女人说，我有事先走了，你们慢慢烤。女人挎着背篓慢慢地被雾帘遮住。远处渐渐地有了狗叫或者一两声鸟儿的私语。

下午放学了，雾还没怎么散。孙老师和孩子们挥手，不断说着再见。孙老师说，天黑得早，早点回。住远一点的，要走两个多小时呢。孩子们点头。

看孩子们走远，女人放下背篓。背篓里是满满的一背篓干柴。

哟，原来你是在弄柴，有了柴我们不就没事了吗？

女人给了孙老师一个白眼。女人说，你早早地就把学生放回家了，人家还不是在路上贪玩？

谁说的？他们可都是听话的孩子，放学就回家了呀。孙老师说。

你不相信？我今天上山遇到了一个家长，他说你们怎么老留学生的课呀。可我们放学很早的。你想想，学生们是不是没听话？枉你还那么热心。女人愤愤地说。

女人说完，就看见孙老师已经出了学校的门，脚步把寒气撞得哗啦哗啦响。

傍晚的时候，女人做好了饭菜，孙老师才回来。回来的时候抱了一大捆干柴。

看到啥了？女人问。

孙老师放下柴禾，说看见了。他们在路上的一个草坪里玩。我批评了他们几句，放学是得早点回家。

女人说，你看你，唉。女人摇摇头，想说什么，但没说出来。

这天晚上，寒风又把村庄哗哗啵啵摇了一个晚上。女人和孙老师在床上翻来覆去睡不着。女人说，听见没有，下雪了。孙老师说听见了，下就下呗。

可我们没有煤了，准备冻死？

我们不是有干柴吗？怕什么呢？

那点干柴能维持多久？

孙老师翻了翻身，能维持多久就多久。睡觉，睡觉，明天还有课。

你……女人已经听见孙老师的呼噜声了。

第二天一大早，大地上到处插满了白旗，空气里仅有的一点暖气算是彻底投降了。寒气肆虐，厚厚的积雪很刺眼。孙老师和女人还蒙在被子里，就听见了有人踩着积雪传来扑哧扑哧的声音。接着有人走进学校。

孙老师一个骨碌爬起来，难道是学生们来了？这么早？

女人跟着起了床。女人看见孙老师打开门，站在那里不动了。

咋了，咋了？女人赶紧跑过去。

门口，齐刷刷地站着孙老师的学生们。他们手中都提着一袋木炭，正一个接一个地把木炭往孙老师的门口放。门口已经堆了好大一堆木炭。

老师。孙老师还没来得及说话，已经有人说话了。这些都是我们自己在放学后烧的，这种木炭特别耐烧。

原来……

这时学生们又说，老师，够你们烧了吗，不够我们继续烧，我们能烧。

孙老师的眼里已经有了泪水，他回头看了看女人。女人的脸红扑扑的。

女人眼里也闪着东西，她嘴里冒着热气，一个劲儿地说，够了够了，都可以点燃一个冬天了。

一只鹰住在我对面

一开始,我并没有觉得对面楼上的老头有什么异样。

在我居住的这座小城里,似乎大街小巷都能遇到这样的老头。花白的头发,佝偻的腰,手上提着个大大的鸟笼子。只是这个老头住在了我的对面,每当我无聊地推开窗子的时候,他就很不自觉地撞进我的视野。可惜他不是一个美女,因此,他几乎成了我关上窗户的直接理由。

老头是新搬来的,先前那套房子并没有发现有人居住的痕迹。老头住进来以后,在我看来对面除了多了一个苍老的背影外,没有什么变化。

直到有一天,对面楼上突然响起了一阵砰砰的声音。我没好气地打开窗子,看见老头正站在阳台上,拿着锤子用力地将几块木条往墙上钉。一边钉,老头偶尔还拿出卷尺量一量,然后继续钉。很快,阳台上就出现了一个木条钉成的框。这个框约莫一个人那么高,像一个肿瘤一样长在阳台上,显得很不谐调。

他要做什么?我奇怪地看着老头的框子,第一次把目光较长时间留在了对面。

老头显然没有注意到我在看他。他继续测量好木条,然后锯好,钉上去。由于木框比较大,有些位置老头的身高完全够不着。那老头试了试以后,竟然一下子爬到阳台的护栏上。这是一幢有着七层楼高度的楼,老头所在的阳台就是这里最高最危险的地方,护栏是凌空的,一旦发生意外,后果不堪设想。何况他是一个老人。

我的心一下子紧张起来。

但老头并不知道我的担心。他直起身子，竟然步伐矫健地在不足巴掌宽的护栏上走动起来，然后俯身拿起一根木条，又砰砰砰地钉了起来。看得出，他的动作轻松自如，没有任何紧张感。

他这样轻松地钉了好几根木条以后，我开始相信，老头在护栏上不会出意外。他是个不简单的老头！

果然，当天下午当我再次打开窗子的时候，老头似乎已经完工了。我看到对面的阳台上，出现了一个大大的木笼子。不仅如此，笼子里还多了一只体型较大的鸟。由于距离远，看不出究竟是什么鸟。那鸟似乎很安静，站在笼子里的一根横木上，俯身吃东西。

从那以后，老头手上的笼子就不见了。他把原来的那个笼子变成了一个更大的笼子。一有空，就看见老头站在笼子旁边，往笼子里扔东西，边扔似乎还边说着些什么。而我每次打开窗子，第一眼看见的就是那个笼子，还有笼子里的那只鸟。

在我们这个小城里，像对面那样的老头太多了，他们遛鸟，把鸟提在手上。而这个老头却把鸟关在这样一个固定的笼子里。那鸟远远看上去并不美丽，而且我从来没听到过它的叫声。

我急于知道，那究竟是只什么鸟？

第一次，我走下楼，敲开了老头的门。说明来意之后，老头欣然答应。他说，你就住在对面，我每天都能看到你，你好像不怎么出门。

我点着头说，你也不是一样吗？老头笑了笑算是默认。走进老头的屋。屋子很朴实，但干净整洁，茶杯擦得发亮，被子叠得像豆腐干。穿过卧室，老头领着我来到阳台上，老头指着笼子说，你自己看看吧，这就是你说的鸟。

我走近笼子，惊奇地发现那不是一只普通的鸟，而是一只鹰。这只鹰的体积和一只成熟的雄鸡大小差不多，此刻它的两扇大翅膀有力地收拢，那双锋利的爪子牢牢扣着横木，目光威严地看着我。

老头看着我,笑了笑说,这只鹰可厉害了,它曾一次抓起过两只兔子。我花了好大精力才将它捕到手。

您为什么喜欢养一只鹰呢?养只小鸟多好!

老头说,你不懂,或许是因为我是一个军人吧。

军人?我说我一直很景仰军人。可惜我自己不是。

听了我的话,老头似乎来了兴趣。他撩起自己的衣服,我看到他身上的伤疤一个接着一个。老头逐一指着说,这个是打小日本鬼子的时候弄的,那个是在朝鲜战场落下的。他脸上的皱纹绽开了许多,就像回到了那个激情燃烧的年代一样。看到我连连点头和佩服,老头钻进屋,索性端出一大摞奖状和勋章。老头说,我以前当过将军你相信吗?

我连忙说,信,信。我就说呢,那天看您在阳台上站得那样平稳,就知道您很厉害。

老头满意地笑了一下,那算小儿科了。我身上的本事岂止那点?他妈的,要是上级对我再好点,我早全部发挥出来了。说到这里,老头的脸上有了一丝不悦。渐渐地他的脸色有些难看,似乎想起了一些不顺心的事。

见到他这样,我赶紧告辞。临走,老头说,别把那只鹰当成了普通的鸟了,那是鹰。

此后的日子,每次打开窗户,我都用无比景仰的目光看着对面。那里竟然住着一个老将军和一只老鹰。

再后来的一天,一个朋友走进我的房间和我谈心。突然朋友打开窗子,看到了对面的阳台,朋友说,你对面的那个老头真有意思,怎么在阳台花那么大精力建了一木头的鸽子笼子,瞧,里面还养着一只大鸽子。

是吗?我吃惊地看了看朋友,然后用骄傲的语气说,那是一只鸽子吗?你仔细看看,那是一只鹰,而他的主人曾经是将军!

朋友没有我预料的那样出现吃惊的表情,他淡淡地说,就算那是只鹰,就算它的主人以前是将军。但现在它那样出现在对面,我只能把它看成鸽子,而他的主人只是一个平常的老头。

我的心猛然一颤。

朋友走后，我默默地拿起电话。已经离开单位半年了，我第一次主动拨通领导的电话同意回去上班。

作为一个在全国多次获奖和拥有多项专利的高科技人才，我认为自己有必要这样做。

爷爷的存款

我是在一个突如其来的下午被父亲的保镖带回家的。当时我正在酒吧里和我的朋友们疯狂地干杯，我对他们说喝吧，玩吧，不就是钱吗？我爹有的是。

这时候父亲的贴身保镖来到我面前，他说，少爷，回吧。这个只听我父亲话的人没容我思考，就在我的抗议声中把我扔进了汽车。

我一直觉得自己是在钱堆里出生的。从我记事起，我就知道父亲是这座城市里最有钱的人。每个月母亲给我的零花钱就可以让普通人家宽裕地过一年日子。我身上穿的是这座城市里最昂贵的名牌，坐的是奔驰轿车。因为有钱，十多年来，我已经习惯了大手大脚地花钱，并且习惯了在别人羡慕的目光中买走一件又一件名贵的物品。

有钱的感觉就是把钱不当钱一样花掉。

父亲是我们家中唯一反对我花钱的人。我所有的钱都是母亲悄悄给我的。我不明白这个被我叫爹的有钱人，他的资产毫无疑问地将他推上了城市首富的宝座，然而他却普通得像个农民。这么给你们说吧，他现在站在一群农民当中，永远没有人会发现他就是这个城市最有钱的人。他身上穿的是几十元的普通衣服，有时候到公司竟然会坐公交车去。

你说他是不是个怪老头？

爹不止一次扯着我的耳朵告诫我，节约啊节约啊。从而让我怀疑我耳朵上的茧子不是让他的话给磨的就是他的手给扯出来的。

　　让我想不明白的，不光是父亲为什么这样装腔作势般地节约，还有这样一个看起来普通得不能再普通的人为什么会有这么多钱。我把这个问题反复地问过我母亲，她老人家给我的答案是，爷爷留给了父亲一笔存款。因为这笔存款父亲才赚到现在这么多钱。

　　现在我父亲的保镖按照我父亲的意思把我揪了回来。在父亲的办公室里，父亲头也没抬叫我坐下。我看见阳光中，这个近五十岁的干巴老头的身影很瘦。他用严厉的声音对我说，败家子。父亲狠狠地说，你是败家子你知道吗？

　　我觉得这句话很不顺耳。我说，我是你的儿子，你有钱，我不花谁花？

　　父亲跺了跺脚。父亲说，败家子，我这些钱来得容易吗？真是个败家子。

　　我想了想。我必须得找句话来应付父亲的话，同时最好给他一点难看，让我的乱花钱变得冠冕堂皇。我仔细想了想，终于想出了一句自认为很是完美的话。我说，你以为你一开始就是现在这样有钱吗？你还不是依靠你的父亲我的爷爷才走上今天的，没有爷爷留给你的存款，你就在乡下喝西北风去吧！

　　这句话似乎很有效果。父亲在我面前愣住了，愣了很久，我看见父亲脸上的肌肉开始不自觉地跳动，脸色也变得更加难看。半响，父亲走到我前面，拉住我的手对我说，坐下，坐下听听你爷爷的故事。

　　就听听吧，其实你也是和我一样靠一个好老子过上幸福生活的。我想。

　　父亲拉着我坐了下来，拉得很别扭很不自然。父亲抬起头说，是的，要不是你爷爷留给我的存款，我现在真的在乡下喝西北风。于是父亲接着说，我们的老家，其实在一个很穷很穷的山村，穷到现在我拉出的大便里还有着红苕和玉米的味道。你爷爷带着我们其实一直过得很艰难，经常上顿吃了没有下顿。

你们还差点乞讨，还差点被饿死……够了。我说，这些话我耳朵已经听起了茧子你知道吗？电视剧里和那些课本上不是已经讲过了吗？你是不是还要重述一遍企图教育我？

父亲瞪了我一眼。然后父亲叹了口气，接着说了起来。我们还差点乞讨，差点饿死。穷啊。为了扶持那个饿得只剩下几个瘪肚皮的家，你爷爷开始到处借钱，欠了一屁股债。等我们这些孩子慢慢长大以后，你爷爷才开始还债，到最后竟然存了一笔存款。

存款？我觉得父亲终于不再跑题了，把事情说到了关键问题上。就是让你发财到现在的存款？

父亲看了看天，说，是的，一笔存款。最初我们也不知道，是你爷爷临终前才告诉我的。他临终的时候，颤抖着拉住我的手，从枕头下摸出一个存折递给我。他说，我们欠了一辈子债，到最后我们终于有了自己的存款，你呀，拿着它给我活出个人样来。然后你爷爷就断气了。

后面的故事你就别讲了。我知道你拿着那笔存款发了财。我说。我对我的智商从来没有怀疑过。

你就不想知道他究竟留给了我多少存款吗？父亲说。

我的好奇心再次被吸引回来。多少？

父亲转过身，走到自己办公桌前，打开抽屉，从里面小心翼翼地拿出一张存折递到我手中。父亲说，其实这笔款子我一直没用过，至今还存在银行。

我好奇地打开存折，我十分清楚地看见那本用手写体填写的户头上，赫然写着5块8角3分。我猛地一惊。我揉揉眼睛再次凑近存折，上面依旧写着5块8角3分。

这时，我听见父亲用低沉哽咽的声音说，你爷爷说，那是他一生的积蓄，一辈子唯一的一次进银行存款。当了一辈子穷人，我们终于不再穷了！死的时候你爷爷很高兴。或许在你看来进银行存笔钱算不了什么事，可是对一个穷了一辈子的人而言，那是多大的幸福呀！

　　我的头嗡地响了一下。我突然想起先前那些被自己大把大把随手花掉的钞票，想起那些疯狂而潇洒的日子。看着普通得不能再普通的父亲，那个年近五十岁的干巴老头，眼泪仿佛以往疯狂挥霍般肆意飘洒。

母亲的闹铃

我是在下岗后的第一天遇到他们的。

那一天,我还是和以往一样,一大早就起床然后出门。打开门的时候,我听到母亲咳嗽着对我说,别忘了吃早餐。我应和着就出了门。走到空空的大街上,我不知道自己要去哪里。眼见着母亲的病情越来越重,怎么就偏偏这时候下了岗呢。

没走多远,我就遇到了他们。他们站在墙角,手上拿着扳手使劲地撬一辆摩托车的锁。

住手!我火了,那不是偷窃吗?

他们俩听见吼声拔腿就跑。反正我心里有一腔火没地方发,所以我就不顾一切地追了上去。追过了一条巷子,又追过了一条巷子,他们俩却不跑了,停了下来站在那里等我。我心里反倒有些紧张。

哥们儿,咱不跑了,有话好好说。其中的一个说。

我们也是不得已,我家中老小都靠我挣钱糊口呢。另一个说。

我不说话,看着他们。

哥们儿,我给你钱,只要你不坏事,咱们以后就是朋友。于是他掏出一把钞票,递给我。

只要你放过我们,咱以后不干了,坚决不干了,你看怎么样?

我看着那把钞票,突然就想到了母亲的咳嗽。我从那把钱中抽出了一张，然后说，你们走吧。

他们却站着没走。哥们儿，看得出，你也是个缺钱花的人。我就豁出去了，咱们做个朋友怎么样？于是有一只手伸了过来。

我犹豫了一会儿，却鬼使神差地握住了那只手。

当天晚上，我们一起去了酒吧。在酒精和音乐里，我忘了自己下了岗。快到深夜的时候，我才回家。我把药递给母亲的时候，我说最近可能要加班。

第二天晚上，他们又约我出去。依旧是在酒精和音乐声里，他们说缺钱呀缺钱，挣钱呀挣钱。我沉默，白天找了好几家职介所，也没找到工作。也罢，豁出去了，一起干。正说到关键的时候，我的手机响了，熟悉的和弦音告诉我是母亲打来的。

母亲说，十点了，该下班了呀。回来的时候顺便给我买点药回来。说完，母亲咳嗽起来。想到母亲的病，我不得不赶紧找了理由赶回去。我从来都是很听母亲的话的。

第三天晚上，我还是和他们在一起。他们说，又有了挣钱的目标。想到母亲的病，想到家里的一切开销，我终于答应他们，一起去看看。可是我怕母亲的电话，她一打电话来，我就下不了决心。刚好这时手机又响了，还是那熟悉的和弦音。是母亲打来的，我赶紧回了家。

第四天一大早，母亲就跟我说家里的电话停机了，她要给舅打电话。我把手机递给她，心里却暗中高兴，只要母亲不打电话来，我就可以和他们一起大胆地行动了。

这天晚上，他们和我一起喝了些酒，然后就准备行动。这会儿我特别大胆，因为我知道家里的电话停机了，母亲再也不会打电话来。所以我有信心干到底。

接近目标的时候，大概是十点左右。我是第一次行动，所以我就负责看人。正当他们俩过去的时候，我的手机却又响了，还是那熟悉的和弦音。怎么会呢，家里的电话不是停机了吗？我赶紧拿出手机一看，是闹铃。什么时候我调的闹铃？虽然是闹铃声，但这熟悉的音乐却让我想起母亲的电话。我心里一紧，犹豫了，难道……我赶紧往家里跑。边跑就听见他们俩在骂，乌龟，又退了！

回到家里，母亲正坐在屋里等着我。母亲一把抱着我说，好孩子，我的好孩子，你总算回来了。

妈，你这是怎么了，我加班呢，我说。

唉，你就别哄妈了。你下岗的第一天我就知道。你们单位打来过电话的。你天天晚上在外面跑，我怕你学坏呀。电话又停机了，你不知道我有多担心。所以我就在今天早上，给你的手机设置了闹铃，到时候提醒你早点回来呀。没想到你果然就按时回来了，妈这才放心呀。

我心里一热，泪水就出来了。

第二天早上，电视里就播放了一条新闻，有两个盗窃犯在作案时被现场抓捕。我看清楚了，是他们俩。

寻 找

闷热！

我站在大街上，看着来来往往的车辆，看着来来往往的行人，心里空荡荡的。这会儿，我的书包越来越重，大概是因为有了里面的那台机器吧。我放下书包，小心翼翼地取出那台机器。它其实并不大，构造看起来似乎也很简单。可是现在我急于找到一种燃料，让这台机器在短时间内转动起来。

老实说，我一直觉得自己的智商可能有问题。同样的教室，同样的老师，同样的课，可每次考试的分数我却总和别人不一样。要说唯一相同的，就是我始终是最后一名。我也想过要考好一点，想过给父母的脸上添一点点喜悦，可是我的成绩总是最后一名。

老师说，你得找找原因。比如，向你的同学陶小毛学习学习，向他取点经。

我其实是个很听话的孩子。我按照老师的话狠狠找了好几天，最后我拔了好几撮头发，终于把原因定为自己的智商有问题。尽管如此，我还是决定向陶小毛学习学习，向他取点经。

或许这是我唯一的希望。

陶小毛的智商其实我认为也不怎么高，甚至有时候我还觉得他傻乎乎的。他学骑自行车学了好几天才学会，而我半天就会了。可是他成绩总是班上第一名。成绩好不是智商高又是什么？

玄！

我是在一个阳光特别放肆的下午拦住陶小毛的去路的。当时陶小毛正小心翼翼地捧着一个盒子，他脸上那两块眼镜片被太阳照得很刺眼。陶小毛的步子很慢，像是在努力地想什么。

站住！我想把自己的出现变得更加文明些，但我的智商却叫我只能这样和他打招呼。

陶小毛不是我想的那么糟，对着阳光，我看见他脸上有笑容。

有事？

有事！

我说陶小毛，你知道我智商出了问题，可你的智商为什么那么好，为什么总考班上第一名。你得老实告诉我，不说我今天不让你回家！

知道啦。陶小毛说，我早知道你会在这里问我，我已经等你很久了。

你怎么知道我会找你？

秘密。陶小毛又笑了笑，笑得有些狡猾。

那你就快说吧。我没什么耐心。

陶小毛这时候变得有些异样起来。我感觉他身上有种神奇的东西在感染着我。他说，其实我们每个人都可以变得聪明起来的，但必须要有我这台机器。

机器？什么机器？

陶小毛就把他手里的盒子递给我，呶，就是这台机器。陶小毛看看周围，然后把嘴凑到我耳朵旁边对我说，你信不信这台机器是一个外星人给我的？外星人说只要谁能让这台机器转动起来，谁就会变得出奇的聪明，智商就会变得特别的高。老实告诉你吧，我成绩好就一直靠它呢。

真有这么神奇？

骗你是小狗。陶小毛很认真地说。

我连忙睁大眼睛说，你可以借给我吗？要不租给我，或者卖给我？我一旦有了这台机器，再让他转起来，我还担心什么？

可以，当然可以。想不到陶小毛出奇的大方。不过，他愣了一下说，但你现在是无法让这台机器转动起来的，因为它里面没有燃料。你必须亲自找到一种燃料让它转动起来。

你就不能告诉我是什么燃料？

陶小毛说不能，你自己去找吧。说着陶小毛转身就走了。

我赶紧把那台机器放进书包。我决定哪怕今天不回家也要找到这种燃料。

就这样，我走上了大街，开始寻找那种燃料。我首先去了加油站，加了一些汽油在里面，可是那台机器根本没反应。接着我又去了燃气公司，把天然气做燃料，可是机器还是不动。紧接着，我又用了煤、酒精等许多东西做燃料，可是都没能让那台机器转动起来。

我终于有些着急了。我觉得下午的太阳照得特别的热，太热。难道我就真的找不到那种燃料？那么机器就不能转动，机器不转动，我的智商不是永远就这么低？不行，一定要让这台机器转动起来。

我开始尝试其他东西做燃料。我买了瓶水倒进去，机器没反应。我买了瓶酱油倒进去，机器还是没反应。我甚至买了几个包子几块巧克力做燃料，机器仍然没反应。什么破机器！

我实在是受不了了。该死的陶小毛，为什么就不告诉到底什么是燃料呢？我站在街上，想哭。真是气愤，怎么我就找不到这种燃料呢？我觉得越来越热，再这样下去我会热死，急死，气死。

最后，我痛苦地蹲在了街上。我绝望了。看来我是找不到这种燃料了。我端着机器，有种想把它砸掉的冲动。

瘟天，热呀！我心里骂了一句。我感到我已经汗流浃背了。就在这时，那台机器竟然出奇地转动了一下。

转了！我揉了揉眼。它果然动了一下，接着又动了一下。也就是说我找到这种燃料了，我马上就可以变得高智商了！兴奋像岩浆一样迸发出来。可是这究竟是什么燃料呢？

我保持原来的姿势，过了很久我才发现，原来让那台机器不断转动的燃料竟然是我脸上不断淌出来的汗水。每滴一滴汗水，就让它多一次转动。

我的心猛然一振！我终于找到了让我智商变高的燃料，而它竟是如此简单。渐渐地我的眼睛有些潮湿了。

这时，有人拍了我一把。回头，是陶小毛。

买　脸

下班的时候，同事满小美非得要我陪她逛街。满小美上周借了我五十元钱一直没还，说好这周还的，可是我一再旁敲侧击地提醒她，她依旧没还的意思。我想，逛街她肯定要花钱，到时候可以顺便找她要，于是我欣然陪同。

我们俩刚走到广场，就见到广场中央有一群人团团围住一张桌子，一个妇女站在桌子旁忙得不可开交。只听那妇女一边忙碌一边吆喝道："买脸啦，什么样的脸都有，保准你满意。"

脸居然也能买？我们决定过去看个究竟。

走近一打听才知道，那妇女出售的还真是人脸。那桌子上有一个箱子，妇女说只要你付钱，她就可以卖给你所需要的脸。在人群中，有许多戴面罩的人，只见他们争先恐后地给钱，给了钱的人走到箱子前，妇女轻轻一挥手，他们转瞬间就解下了面罩，接着都露出一张标致满意的脸。

看到这情形，满小美马上动了心思，她掏出一百元钱开始用力地往人群里挤。满小美说："我这张脸一点都不好看，我要买张好看的。"看到她手中的钱，我大声提醒她先还我钱，可满小美没听，她一边挤一边说："先让我把脸买了再说。"

满小美费了九牛二虎之力，终于挤到最前面。卖脸的妇女认真看了看她，然后笑着说："小姐，你的脸不需要购买呀？"满小美说："不，我不喜欢我这张，想要一张光滑红润的。"妇女笑了笑说："其实最好不要来我这里买脸，这样，你先往前走一百米，有家梦圆美容院，你先到那里去看看，或许效果比我这里更好。"接着妇女开始忙着接待下一个顾客了。

满小美开始拉着我，飞快地往前跑。果然，前面有家叫梦圆的美容院。美容院很大气，里面摆放着各种美容产品，前去消费的顾客络绎不绝，但就是不见一个美容师，就连一个工作人员都没有。见我们进去，门口出来了一个五岁左右的小男孩，他天真地对我们说："阿姨好，欢迎光临，这里面的东西你可以自由选用，上面有价格，用完了以后到那边的自助收银台给钱。"

"你们这里怎么没有美容师呢，老板呢？"

小男孩骄傲地说："我们这里的产品都是智能化的，只要你一打开包装就可以达到你所希望的效果，我是这里唯一的员工，也是老板。"看到我们惊奇地看着他，小男孩又说："你们自己消费吧，我打游戏去了，对了，别忘了给钱。"接着他就跑开了。

"有这等好事？"满小美哈哈地笑着，随手拿起了一种美容产品，上面标价五百元。满小美咬了咬牙，又左右看了看才打开。接着，一道光闪过，满小美的脸立刻变得漂亮光滑。看到镜子里漂亮的脸，满小美高兴极了，她立刻打开了好几样产品，瞬间她变得比仙女都还美。

"你有钱给吗？"我问。

满小美又左右看了看，干脆放了两件产品在包里，对我小声说："就一个小孩子，给什么钱？"说完，她拉着我就跑。刚跑出门口，我看着她却大声尖叫起来。满小美问怎么了，我指指身后的镜子。满小美回过头，镜子里的她变成了一个只长着头发和眼睛的骷髅。她大声尖叫起来："我的脸呢，怎么这样啊？"

"因为消费没给钱，你的脸不要你了。"这时，小男孩站在了门口，他随手扔给满小美一个面罩摇了摇头说："戴上它吧，往前走一百米，去我妈妈那里买回来就是了，唉，又一个……"

满小美戴上面罩马上往刚才那个妇女那里跑。然后费尽全身力气挤了进去，她大声喊："我要我的脸。"那个妇女看看她说："你刚才消费了五千元，只要付了钱马上就能买回你的脸。"

满小美迫不及待地拿出五千元钱递给那个妇女，只见妇女在箱子前一挥手，揭下满小美的面罩。顿时全场毛骨悚然！满小美的脸并没有回来，她依旧是一个骷髅头。

"这是怎么回事呢？应该不可能啊，你还有什么钱没给？"妇女提醒道。

满小美看看我，突然想起什么似的赶紧掏出五十元钱给我，并说了声对不起。我高兴地接过钱，也就在同时，我发现满小美的脸回来了。

那张脸依旧是满小美原来的脸，只是满小美现在满脸通红。

满城乞丐

歌手有着一副与生俱来的好嗓子，每每他张开口唱歌，都会吸引很多人。如果不是因为一场意外，歌手会像活跃在歌坛的别的明星一样走红。

但意外却意外地发生了。歌手在回家的途中被几名歹徒拦住了去路，然后歹徒抢走了歌手的钱包。钱包里的钱是歌手准备出专辑用的，所以歌手准备奋起反抗。但这时，歹徒掏出了匕首，猛然向歌手刺去。后来，歌手在医院里安静地醒来时，却发现自己再也站不起来了。不仅如此，他那张原本可以走偶像派路线的脸也被划上了一道丑陋的刀疤。

歌手无法接受这个事情，他咆哮着扯自己的头发，痛苦撕裂着他的心。他开始有些绝望了，觉得再也没有活着的必要。于是他决定找一个安静的下午，静静地死去。

歌手悄悄转动轮椅，从医院里溜了出来。医院的不远处，有一个广场，广场上有很多休闲的人。有几个乞丐在广场上乞讨。歌手看见，有一个年老的乞丐失了双臂和双腿，正趴在冰冷的地面上呻吟，样子十分可怜。歌手有了恻隐之心。他摸摸自己的衣袋，里面还有唯一的十块钱，歌手把钱拿出来，然后放进了乞丐面前的铁盒子里。

乞丐抬起头，望着歌手笑了。乞丐说，年轻人，你是个很有良心的人，我要报答你。说着，歌手看见，老乞丐瞬间长出了双腿和双手，最后竟然站了起来。

歌手被乞丐的变化吓了一跳。他转动轮椅，退了一段距离，惊恐地看着眼前的一切。不料刚才的乞丐说，别害怕孩子，我是上帝。上帝说，我看你一脸的忧伤，我可以帮你什么吗？

歌手就把自己的遭遇告诉了上帝，歌手说，我想死去，我已经觉得活着没有意义了。上帝说，孩子，别难过，你得活下去。接着，上帝掏出了一个黑色的大盒子，递给歌手说，拿着这个盒子，去做一个会唱歌的乞丐吧，那样你能养活你自己的。

你是说让我用这个盒子去乞讨？歌手吃惊地望着上帝，我为什么要做一个乞丐呢？上帝说，你曲折的命运已经注定你要做一个乞丐，你别问为什么，去做你该做的事情吧。

不，歌手挣扎着，我不要做一个乞丐，我怎么会是一个乞丐呢？上帝笑了，说，你要相信我，让你做乞丐是我的安排。

歌手不能不相信上帝，上帝都说谎的话，还有谁可以信呢？歌手说好吧。歌手又说，但是如果我做乞丐，又被人抢劫怎么办？

上帝指了指歌手手中的黑盒子说，我给你的，是一个具有魔力的盒子。放进盒子里的东西都是属于你的，如果其他人要来拿的话，就会马上变成乞丐。说完，上帝笑了笑，消失了。

歌手拿着盒子，一脸忧伤。他没想到，自己的命运竟会在短时间内发生这么大的变化，更没想到上帝竟然安排他做一个乞丐。那些忧伤渐渐侵蚀到他的心里，然后慢慢升起，从他的喉咙里飘了出来。歌手开始唱歌，他把那个盒子放到了地上，忧伤的歌声在广场上格外动听。

他唱得实在太好了，那歌声迅速吸引了周围的人。许多人都停住了脚步，愣愣地看着他。歌手没有停，继续在唱着。这时有人走了过来，在他面前的黑盒子里放了一张纸币。

真可怜！那人摇摇头，放下钱后并没有走开，他站在歌手面前依旧在听歌手唱歌。接着，又有人开始往盒子里放钱，然后继续听歌手唱歌。再接着，一个接一个的人都在往盒子里放钱。五元、十元，有个老板模样的人甚至放了一张一百元的进去。大家一边听着歌手唱歌，一边为歌手惋惜，这么好的嗓子不去做歌星多可惜呀！

　　围观的人越来越多，渐渐地歌手被一群人团团围住了。大家都用欣赏或者怜悯的目光看着他。同时，黑盒子里的钱也越来越多。歌手看到，那些钱几乎堆成了一座小山，很扎眼。歌手的心里充满了感激，他从来没有看到这么多钱以这种形式堆放着。而这些都是周围这些围观的群众给他的。他开始相信上帝的话，做一个乞丐没什么不好。

　　他面前好多钱呀！人群里，不知道谁冒出了一句。接着有人跟着说，是呀，是呀，比我们一年的工资都还要多吧？

　　就在这时，天上毫无预兆地刮起了一阵风。风忽地刮过来，然后一件意想不到的事情发生了。歌手看见巨大的风力竟然让黑盒子里的钞票飞舞起来，像树叶一样到处都是。歌手激动地喊我的钱，我的钱，但巨大的风力马上刮得他睁不开眼睛。

　　他眯着眼睛，感觉到先前那些给他钱的人们正在骚动，有人在尖叫，吵闹。可歌手就是睁不开眼睛，看不到发生了什么。

　　几分钟后，风骤然停了。歌手连忙睁开眼睛，他发现，先前那堆放在盒子里的钱依旧还在，依旧堆得像小山一样并没有被风刮走。同时，歌手感觉到，周围有些异样。

　　歌手仔细看了看，他惊奇地发现，先前那些给他钱的人们，包括那个给钱给得最多的老板模样的人，竟然都衣衫褴褛地趴在地上。

　　毫无疑问，所有人都成了乞丐。

打电话的民工

工地的旁边有一个工棚，工棚的不远处，有一个公用电话亭，由一个老大爷专门负责收费。每天晚上下班之后，总有些满身尘垢的民工到这里打电话。

有一个民工叫刘一友，个子不高，二十多岁的样子。每次有人打电话，他都屁颠屁颠跟着跑来。等别人拿出电话号码之后，他总是抢着帮人家拨。很多次别人都不愿意让他帮忙，但他执意要帮着拨。有时候因为他执意要帮人拨号码，甚至使得一些要打电话的民工不打电话或者到其他地方打电话。这让负责收费的老大爷很反感。

让老大爷反感刘一友的，还不仅仅是他抢着帮人拨电话。

平日里，只要一有空，刘一友就会从工地上跑出来，然后直奔公用电话亭。有人要打电话，他就抢着拨，如果没有人打电话，刘一友也会拿起电话拨号码。但每次拨了电话之后，刘一友就立刻将电话挂掉，然后他转过身，对看电话的老大爷说，对不起，忘记号码了。说完就会转身跑回工地。刘一友经常这样，看电话的老大爷就越发反感他。

很多次老大爷都直言不讳地对他说，你那么喜欢拨电话，怎么就没见你真正打过一次电话。如果你自己不打电话，请你走远些。

但不管老大爷怎么说，说了归说了。白天一有空，刘一友照来，晚上下班后直到其他人都回工棚里找地方搁放自己疲惫的身体以后，刘一友才恋恋不舍地往工棚里走。

时间一晃,就临近春节了。每逢佳节倍思亲,春节前给家里打电话的人自然也就多了,因此电话亭里也忙碌起来。但不管多忙碌,刘一友都会出现在电话亭旁帮人主动拨电话。因为刘一友的搅和,看电话的老大爷觉得自己的生意不够理想。所以有一天,老大爷生气地对刘一友说,以前你在这里搅和也就算了。春节这几天你如果再来碰一下电话,不管你打不打电话你都必须给钱,不然你就给我滚远些!

听说要收钱,刘一友把手用力地绞在一起,然后低着头走了。

接下来的几天,看电话的老大爷轻松了许多。尽管一有人打电话刘一友还站在旁边,但他却不能像以往一样抢着帮人拨号码。好几天他都准备抢着拨,但都被老大爷一声给钱给吼住了。这样,别人打电话的时候刘一友就在旁边静静地看着。

大年三十这天,公用电话亭的生意一直很好,从早到晚都有人在不停地打电话。恰恰这天,老大爷发现,爱管闲事的刘一友没来。一直到快要吃晚饭的时候都没有见刘一友出现过。没来最好,免得他搅和。老大爷想。

正在老大爷这么想着的时候,刘一友却来到了电话亭旁边。刘一友眼圈有点红。他来到电话亭的时候刚好没有人打电话。这时候,刘一友拿起电话像往常一样拨了一个号码,然后迅速挂掉。

做什么,你又来了,要给钱的!老大爷生气地吼道。

我给钱。刘一友低声说。然后他看了看老大爷绷紧的脸又说,我真的想打个电话,只打一分钟,能少收我点吗?

一分钱也不能少,要打就打,不打就给我走开!

我打。刘一友说。说着,他慢腾腾地拨了个号码。这是刘一友第一次真正给自己打电话。通话之后,刘一友像放鞭炮似的说,娘,我是友呀,春节好,我今年回不来了,工头不给我们发工钱呢,您要自己保重身体,我很好……说到这里刘一友啪地一下挂了电话,然后他哽咽着对老大爷说,完了,59秒。

算你还有点孝心，我看看你打的哪里？老大爷正准备翻阅电话号码的时候，电话响了。老大爷接起电话，几句话之后，老大爷惊奇地问刘一友，你刚才打错了？

　　刘一友反复揉搓着手里一张皱巴巴的一元纸币，片刻之后才一字一顿地说，没，其实我是乱拨的一个号码。我们家穷，整个乡里都没有一部电话呢。我只是想娘，想家。不待说完，刘一友将那张纸币放在桌子上，转身就走。此时他的脸上已经泪流满面。

　　回来！老大爷的声音突然温和起来，孩子，到我家一起吃顿团年饭吧！

妙用男装

我没想到，新来的女同事涓涓竟然主动找到我说："把你的衣服给我洗吧！"

时间一晃，我到外面工作两年了。这两年里，工作顺心，心情舒畅。可有一件事不怎么理想，那就是自己洗衣服。每次下班后，面对那一大堆实在不能赖掉的衣服，我都望而兴叹。唉，什么时候才能结束这种苦日子？说找个女朋友吧，我认为自己嘴上的胡须还很浅。要想其他人无缘无故帮你洗，除非天上掉馅饼。现在天上真的给我掉了一块馅饼，而且是一块不错的馅饼。

我睁大眼睛半天没回过神来。你不知道涓涓是一个多么漂亮的女孩子，她虽然刚到单位，可她的人气指数高得难以想象。许多男性献媚她都不理，她怎么会主动帮我洗衣服呢？

涓涓又说："怎么，你不相信？"

我点点头："是的。你怎么会突然帮我呢，难道有什么企图？"

"哪有呀，我是看你自己洗衣服很不方便。你不要我帮就算了。"

我哪里肯错过这么好的机会，管她什么企图不企图，她帮我洗衣服就行了。我赶紧说："好好，真谢谢你了。我下班以后拿给你。"

"这还差不多。"涓涓甩了一个响亮的响指。

于是下班的时候，我毫不吝啬地把我的脏衣服全给了涓涓。涓涓吓了一大跳:"这么多?不行。我只帮你洗三套。"说完,涓涓挑了三套衣服逃一样地跑了,剩下我在后面发愣。真怪,既然主动帮我洗怎么又只洗3套?

过了两天,涓涓就把干净的衣服拿回来了。衣服比我洗得干净,而且还有一股清香味。我连忙说:"谢谢!谢谢!"涓涓说:"谢什么呢?还有吗?我还帮你洗。"我就真有点搞不清楚了,不是只洗三套吗,怎么还帮我洗呢?我说:"已经麻烦你一次了,就算了。"涓涓说:"那怎么行,既然我已经帮你洗了一次,你就欠我的人情。现在我要你还我的人情,你就必须听我的——再拿三套衣服给我洗。"

我乐了,这也算逻辑呀?要洗就洗吧,真搞不懂她葫芦里卖的什么药。于是我又把衣服给了她。

从此以后,涓涓就经常帮我洗衣服,一次又一次,每次都不超过三套。真让我既幸福又有些糊涂。

这天下午,单位放假。涓涓早早地就打电话给我,说到她家去一趟,要感谢我。我真有点莫名其妙,你帮我洗了衣服,还感谢我什么?但涓涓再三邀请,我只好去了。

涓涓和我们公司许多打工妹一样,都是住在出租房里的。我到她家里去的时候,正赶上她隔壁的一户人家在搬家,大概是要搬到别的什么地方去吧。而我也注意到了,我的那些衣服,被涓涓晾在阳台上,远远地就能看见。我到涓涓家的时候,涓涓已经做好了一顿丰盛的饭菜。

我问涓涓:"你感谢我什么呀?要感谢的是我才对。"

涓涓说:"感谢你把衣服给我洗呀。"

"你挖苦我?"

"不是,我说的是真的。"说着,涓涓拉着我,悄悄地来到门口。"你看。"顺着涓涓的手指,我看到了一个中年男人。"他是我的邻居,他是和我一起搬到这里来的。"

我看了那个中年男人一眼,说:"与他有什么关系?"

涓涓说:"你没发现他是个色狼吗?我刚来的时候,他每天晚上总找借口来我这里。你不知道我多为难。这时候,幸亏有你的衣服帮忙。"

"我衣服帮了你什么?"

"真是个白痴!我屋里有男装说明什么?自从我帮你洗衣服之后,他就再也不敢来我这里打扰了。"

哈,原来如此。"你是真地感谢我,我愿意一直这样帮你。"我说。

"别高兴得太早。"涓涓说,"你没看见人家已经搬家了吗,这就说明以后我再也不用帮你洗衣服了。"

我听罢,险些晕倒。我的痛苦日子又要来了。

不过,此后涓涓还是在帮我洗衣服,而且不是只洗三件,而是所有衣服。因为涓涓做了我的女朋友。

你们说,这样的女孩我不追她岂不真是白痴?

一杯水的游弋

这是一个温暖的午后,阳光透过窗玻璃,照在洁白的床单上。23躺在床头,目光呆滞地看着前方。她的头发散乱地披着,苍白的脸一如病床上的床单,干涸的嘴唇上,早已经起了硬壳。

到现在,我也不知道她的真实名字,我们都叫她23。在我们这家浴场打工的人实在太多,从到这里的第一天起,老板就给我们每个人编了个号。上班的时候,我们的名字就被这些数字所代替。一个人,就成了一个简单的数字。

23是个四川来的女孩,她年龄不大,只有十七八岁的光景。在我们这批员工当中,她是年龄最小的一个,也是最漂亮的一个。23说,她高中还没毕业,听老乡说广州挣钱比较容易,就偷偷南下来到这里。23说,她要努力挣钱,将来挣钱了回家做老板。

23很在意自己的收入。她买了一个小笔记本,上面密密麻麻地记着她的每笔收入和开销。她常常一身朴素的打扮,连一个几元钱的发夹也舍不得买。上下班,她总固执地走路,从来都不坐公交车。

我们的工作,就是在浴场里给客人服务。浴场里,有一个面积很大的温泉,每天都有来来往往的人到温泉里游泳。而我们就负责给客人照看衣物,在客人游累了的时候负责按摩。

浴场老板是个女的,微微发胖,说话很果断。她对我们的要求很严格，每天她都在对我们讲不可以这样不可以那样，否则会扣工资。在我们面前，她的脸上常常没有任何表情。在她的要求里，我们这些打工妹是不能到那个温泉里游泳的，她说怕我们弄脏了里面的水，客人看见了影响生意。

就在这个月发工资的前一天，23却偷偷地到温泉里游了一圈。23说，她在家的时候，经常下河游泳，许多男孩子都比不过她。现在每天看到客人们在冬天也能游泳，她心里有种说不出的羡慕。所以，那天下班以后，看见客人走光了，23像一尾快乐的鱼，悄悄地溜进了温泉里面。

但23没想到的是，刚下水不久，老板就来了。毫无疑问，23被狠狠批评了一顿。最后老板说，要扣除这个月的工资。

23当场就哭了。她哀求道，做什么都可以，可是不能扣我的工资呀。要是扣了，我这个月怎么办？

老板冷冷地说，其实也不是扣你的工资，平常客人在我们这里消费一次，就是你一个月的工资，现在你偷偷消费了，就要用你的工资买单你知道吗？

23急了，她说老板，我知道我错了，你换种方式处罚我好吗，只要不扣我工资，我做什么都可以。

老板看了看23，说，其实不扣工资也可以，我们这里还有一种制度：谁偷偷下温泉洗澡，就让她在温泉里来回游30圈，中途不准停。如果停了，工资照扣。你能吗？

23几乎想都没有想，说，行行，我愿意接受这种处罚。

23再次回到了温泉里。我们所有人都被老板叫到了温泉旁边，老板说，你们看好了，只要中途她停下了，工资照扣。

23开始挥动双臂游动起来。她咬着牙，很矫健的样子，带动着我们大家的目光。所有人都关切地为她数着，一圈，两圈……可是就在第5圈的时候，23的速度慢了下来。很明显，她的体力渐渐下降了。

这个圆形的温泉，直径长达20米，对一个十七八岁的姑娘来说，这样来回地游30圈根本就不可能。有人喊，23，你行不行呀。不行就快上来。

23没回答，她的速度越来越慢了，她开始闭着眼睛，用力地挥动双手。渐渐地，她的手也挥动得有些迟缓。最后，23把头冒出水面，努力地吸了口气，突然间，她猛然沉了下去。

老板这才意识到出事了，慌忙找人下水去救。很快，23被救了上来，由于她体力消耗过度，又喝了很多水，救起来时已经昏迷不醒。当23最终醒来时，她被无情地告知，她游了不到10圈，所以工资还是被扣除了。

23就这样坐在床上，呆呆地，几天都不吃不喝。作为她的同事，这几天我一直陪着她。这个小姑娘，她为什么就那么傻呢？

我不知道她在想什么，更不知道如何安慰她。我接了杯水，默默地递给她。她接过杯子，愣愣地看着，阳光照在她苍白的脸上，她很憔悴。

你看，温泉的形状像不像这个杯子？片刻之后，23终于对我说了几天以来的第一句话。我是不是连这只杯子都没有游出来？

我点点头，又摇摇头。杯口和温泉有着一样的圆形，但我不知道她怎么会有这样的想象。

我真傻，我们打工的，不管怎么游也不可能游得出这一杯薪水呀！23说，我要回家，读书！

城市的钥匙

香香要去城里打工。香香想，我一定要真正做一个城里人。

其实，土生土长的香香在此之前一直是个老实的放羊女。香香家穷，穷得让人瞧不起。那些日子，香香觉得，就连自己家的羊也总要比别人家的羊瘦一圈。直到后来香香在放羊回家的路上捡到了一把钥匙。

起初，香香也不知道那是什么。看样子像自己家的钥匙，可是这把钥匙明晃晃的，而且还有四个棱。平日里香香见过的钥匙都是扁平的，哪里见过这样子的钥匙。于是香香就把这把钥匙放进了兜里。香香后来才知道，那是一把城市里所谓的防盗门的钥匙，只有城里人才有的。据说，在城里谁有这么一把钥匙，就说明这个人在城里肯定有自己的房子。有房子那肯定就是真正的城里人了。

香香知道自己捡了这么一把城里的钥匙以后，高兴了整整一天。后来香香把这把钥匙用一根红绳挂在了自己的脖子上。然后用油把它擦得亮闪闪的，很醒目。香香想，让我们村里的人也看看，我和城里也有关系。为此，香香还特意为钥匙找了个来历。香香说，她有个亲戚住在城里，这把钥匙就是亲戚家的，说以后到他们家去方便。

香香为自己找的这个来历也高兴了好一阵子。不管人们信不信钥匙到底是不是这么来的，但香香的脖子上真的有一把城市人才有的钥匙。从此，香香在村子里风光了起来。村里的小伙子开始把目光投向她，平日里那些瞧不起他们家的人也开始和他们亲近起来，就连趾高气扬的村长也开始对她露出微笑了。

香香觉得，自从有了那把钥匙以后，她家里的羊长胖了不少。渐渐地，香香对城市充满了幻想。香香想，要是有一天，我能真正做一个城里人，能用这样一把城里钥匙打开一套自己的房子多好呀。

终于有一天，香香带着那把钥匙去了城里打工。香香想，我一定要有一把真正的城里的钥匙，而且要随时能够用这把钥匙开门。

城市的确是个不错的地方。到达城市以后，香香的眼睛都看花了。天，这里的东西哪一样是乡下可以比拟的？

香香很随便地找了个餐馆打工。然后香香就出去租房子住。本来城里的出租房不少，但香香和很多个房东都没谈来。香香租房子的条件并不高，就是房子的门一定是防盗门，尤其是钥匙，一定要像她脖子上那样的钥匙。香香找了许多个地方，房东拿出的钥匙都是扁平的那种普通钥匙。香香说，怎么你们城里和也有乡下一样的钥匙？所以不管房价多么低廉，香香都没和他们谈成。

好不容易，香香终于找到了一家有防盗门钥匙的出租房。为了租这套房子，香香几乎把自己从家里带来的钱全部花在这上面了。当房东把钥匙交给香香以后，香香差点激动得哭了。等房东一走远，香香立刻把门关上，然后用钥匙赶紧把门打开。打开以后又关上，然后又打开。这样反复试了好多次以后，香香才到屋里微笑着睡着了。

从这一天以后，香香的脖子上就挂了两把城里的钥匙。香香每天上班都精神抖擞，香香就觉得自己是个城里人了。只要一有空，香香就往自己的出租房里跑，然后用钥匙开门，再关上，又开，又关上……这样重复好多次以后才走开。

有一天香香上班的时候又跑回去开门。再来的时候，老板却板着脸告诉她，你被辞退了！老板说，我真搞不懂，你上班怎么老往自己的房子里跑？

香香一分工钱也没拿到。本来香香很沮丧。但回到家时，看到那扇门

· 054 ·

香香立刻就高兴了起来。她又拿出钥匙，像城里人一样自在地用钥匙打开门，然后关上。又打开，再关上。香香发现，自己竟然对这个重复的动作有了瘾。每次开门的时候，香香都觉得自己是个城里人了。

但香香没想到，第二天房东就把香香赶了出去，因为香香没有钱继续交房租。香香恋恋不舍地把钥匙交给房东的时候，香香哭了。

这天晚上，一无所有的香香走在城市的大街上，心情坏到了极点。城市里人来人往，香香却不知道自己要去哪里，去做什么。香香坐在天桥上，摸到了自己当初捡的那把城里的钥匙。因为很久没用过，钥匙上已经有了些锈迹。香香把钥匙拿出来，小心地拂拭着。香香想家，想爹和娘，还想自己放过的那些羊。可是香香更想用这把钥匙在城里打开一道门。

渐渐地，香香的眼睛模糊了。渐渐地，香香又有了开门的冲动。香香看到，自己面前就是几幢高楼。高楼里，每一道门都是严实的防盗门。但香香不知道这把钥匙究竟能打开哪道门。

突然，香香走下天桥，向其中一幢走去。香香拿着那把生锈的钥匙，从一楼的第一道门开始，把钥匙插进去企图把门打开。可是不管香香怎么试，她手中的那把钥匙根本就打不开任何一道门。

我就不相信，我总会打开一道门的！香香有些愤怒了。边说，她依旧不停地试着。

你在干什么？抓小偷呀！香香的耳边突然响起一声大吼。

我……香香惊慌地抬起头，来不及解释什么，一群人就迅速将她淹没。接着是越来越近的警笛声。

其实，你不懂城市

原来就这样简单？看着工地上堆满的砖头，我不得不佩服陈七。

陈七是我的老乡，他比我早几年出来打工，现在他已经是我们这个工地上的包工头了。上次陈七回家的时候，我对陈七说，七哥，我要跟你一起去城市打工。陈七用他那双似乎有些忧郁的眼睛看了看我，然后问你真要去？我说真要去。陈七就说你来吧，然后他给了我一个地址。

一个月后，我在家凑足了500元路费，坐上了去城市的车。一路上，花花绿绿的建筑让我看花了眼。到了城里以后，我才发现自己的渺小、窘迫、落后。

我按照地址开始找陈七。我刚走出车站不远，就遇到一群人凑在一起看热闹。出于好奇，我也凑了上去。原来是一个卖衣服的在和一个小伙子打赌。卖衣服的人拿着一件衣服说，这件衣服本来价值300元，你小子那样子，一看就知道你买不起。小子一脸不服气说你别小看人。卖衣服的一副高傲的样子，大声说，你要是能从身上拿出100元我就把衣服给你，让大家给我们作证。可是你拿得出来吗？你那样子永远也拿不出来，乡巴佬。

看到卖衣服的那个样子，我当即就不服气了。我走上前，拿出身上仅有的100元甩给那卖衣服的。我说，你别小瞧人。说完我拿着衣服就走了。边走我边想，300元的衣服100元买了也值呀。

两个小时后，我找到了陈七。当我把买衣服的事告诉陈七的时候，陈七脸上明显有些生气。他说，你上当了。那个小伙子和那个卖衣服的是一伙的。你买的那件衣服最多值10元钱。在城里，和你想的很多都不一样。

我好一阵懊悔，却不懂陈七说的不一样到底是怎么的不一样。

陈七把我安排在工地上负责搬砖。那些砖的质量很不错，我要做的，其实就是把砖从工地外扔到工地内。工地是临街的，砖就堆在街边，我一块一块地扔着砖，感到十分无聊。有时候累了，我就看看街上。那里有来来往往的汽车，有露着肚脐的美女，还有行色匆匆的西装一族。有时候街上依旧会围着一群人，要么是汽车撞了人，要么是有人被抢了，还要么是几个人在打架警车呼啸而至。

我扔了整整一天，砖还有相当大的一部分没有扔。晚上回到工棚里，我把自己的见闻告诉陈七。陈七一脸平静，他说城里的新鲜事多得很，你要想的是如何把你的砖扔完，然后才能顺利拿到你的工钱。

是呀，我要怎样才能最快把砖扔完呢？我想了很久，我突然想到了街上来来往往的行人。那么多人，如果每人能帮我扔一块不就很快扔完了吗？

我为自己的设想高兴。于是第二天，我用毛笔在那堆砖旁边写了几个大字：各位大哥大叔，求求你们帮我扔一块砖进去吧。我想，这如果是在我们乡下，很快就有人帮忙的。可是我失望了，我独自扔了一天，没有一个人帮我扔。有几个人在我身旁停下来看了看，然后竟然丢给我一句，懒鬼！

天快黑的时候，陈七来了。他看了看我的字，说想法不错，可是你不知道这些城里人想的什么，你这样写他们永远都不会帮你的。

我一脸的不服气。为什么，为什么你总说我不懂城里人，你懂你就写几个字看看，如果他们帮我把砖扔完了我就服了你。

陈七笑笑说，看来你是真的不懂。我就写几个字，保准明天有收获。说完，陈七拿起笔，写了几个醒目的字：郑重声明，非本工地工作人员，严禁向工地内扔砖。

我看了他的字，牙齿差点笑掉了。就你这几个字，还有人帮我才怪！

可是，第二天一大早，当我准备好力气来扔砖的时候，我愣住了。先前街上的一大堆砖已经不见了，一夜之间它们竟然全被扔到了工地里面去了。

我着实震惊。原来就这么几个字竟然发生了这么大的变化？我打心里佩服起陈七来。要知道，我独自去扔完那堆砖大约需要一个星期呀。

从此，我就很听陈七的话。他说的什么我都很听从。

春节的时候，陈七找到我。然后他对我说，等你拿到工钱以后，就回乡下吧。别老想着往城市跑，这里没什么好的，因为你不了解它。

我觉得陈七的话怪怪的，听不懂。不过，我知道，我干了整整半年，一分工钱也没拿到。我相信陈七，他说过下午就把工钱给我。

可是那天下午，我没看到陈七。我正急着找他的时候，有人告诉我，陈七出事了。我急急地跑过去，看见陈七正站在工地的塔吊上，下面围了一大圈子人。有几个大腹便便的家伙正焦急地打着电话。我认识那几个人，他们是这个工程的老总。

陈七对着他们大喊，快点把工钱给我们大家，不然，不然我就从这里跳下去！

我看见陈七，我急了。要知道，他家里还有老母亲呢，他的妻子儿子还等着他回去呀，这可不能开玩笑。我大声喊，七哥，快下来呀，你干什么呢？

陈七也看见了我，他大声喊，没事兄弟，拿到工钱我们就一起回去，对付这些城里人，没办法呀。我听见他的声音里有哭腔。

可是下面立刻就传来一阵一阵喊声，有种你就跳下来呀！跳呀！

突然轰的一声，我看见陈七的身体真的从塔吊上落了下来。下面立刻响起尖叫声、掌声和口哨声。那一刻我热血沸腾，我冲上前去抱着奄奄一息的七哥，我大声哭着说，你不是很懂城市的吗？

七哥努力地看了我一眼，说，回去……

接着七哥睡着了。

究竟谁怕谁

老板瞪着一天。老板的眼睛像两口深井，每口井都恨不得把一天活活淹下去。

说，你究竟怎么了？我叫你来做什么的？老板怒斥道。

一天低着头，嘴里嗫嚅着，真恨不得立马在地上找个缝儿，然后钻下去。一天的脸红得像张红纸。

你自己看看。老板继续说道，你来这里快三个月了，叫你出去推销产品，可你一点也没推销出去。真想不明白你究竟在做什么。你自己说说呀。

一天沉默了很久，最后终于从牙缝里漏出来一个字：怕。一天说话的声音很低，低到自己也听不见，但老板却听见了。

你怕谁？谁能把你怎么了？

一天没回答，一天依然低着头。

你怕客人吗？老板说，不，你不怕客人。你平日里和你的朋友一起谈笑风生，交流得十分开心呀。他们都可以成为你的客人呀。

一天点头。

你怕我吗，怕业绩不好我骂你吗？也不是。你现在在我面前，我骂你了。可如果你先前是怕我骂你的话你早就应该努力了。是不是？

一天又点头。

你怕同事笑你吗？还是不是。他们没有和你一起出去，他们不知道你怎么推销的。他们笑只笑那些业绩不好的人。

一天仍然点头。一天认为老板说的都对，但自己还是怕。尽管一天不知道自己究竟怕什么。可面对客人一天总开不了口。于是一天对老板说，老板，我看我不适合这份工作，我还是走吧。说完一天转身准备走了。

站住。老板大声地在背后呵斥了一声。就这么走了吗？这样走你将永远是个没出息的人。要走可以，但你也搞清楚你究竟怕什么呀。老板换了种语气说。

我怕什么？我自己也想知道。一天回过头来。

老板看着他，突然很诡秘地笑了一下。老板说，我先告诉你，我叫张系。你记住了吗？

一天点头，我知道您的名字。

很好。老板又说，你知道你叫什么名字吗？

一天呀。一天突然觉得老板有病，而且不是一般的病。

老板说，好。你知道我就是靠推销做上今天的老板的。我今天就告诉你你最怕的是谁。于是老板拉着一天的手，老板说，我们去广场。

广场上有很多的人。老人小孩，女人和男人。老板挑了个人最多的地方，老板说就这里了。

一天看着老板，真不知道他要干什么。

老板对一天说，我叫什么名字？

张系呀，一天好奇地回答老板。

老板笑了一下，老板说你看我的。说完老板就大声喊，张系，张系。

一天觉得好笑。老板真的有病，病得还不轻。

老板一叫，就有许多人回头看了老板一眼。老板又接着喊，仿佛张系不是他自己，而是另外一个人一样。老板再喊，渐渐就没人回头了。

老板就笑了。老板说，这个简单吧。

简单呀，不就是喊自己的名字吗？

好，老板说。现在该你了，你大声地喊你自己的名字，就像我刚才一样。喊就喊。于是一天憋足了气准备喊。一……一天的嘴动了动，却始终没发出声音来。

喊呀，你大声地喊呀。喊一天，就像我刚才一样。老板说。

一天又动了动嘴，可是口中还是没发出声音来。

你怎么了？

我怕。

呵呵，老板笑了。你怕什么，谁知道你就是一天？你喊呀。

一天又动动嘴，但还是没敢喊出来。

我可以走开，你一个人在这里，你再喊。于是老板走远了。但一天努力地试了好几次，就是喊不出口。一天觉得一喊出来，所有的人都会笑自己有病。

其实，现在这里的人都不认识你。老板又走了过来。可你却觉得大家都认识你。你认为他们知道你自己大声喊自己的名字会以为你有病是不是？你刚才是不是也觉得我喊自己的名字很好笑？

是的，是的。老板说得太对了。

我也有过你一样的想法，但他们都不认识我呀，所以他们不会笑话我，我也就不怕了。你也知道他们不认识你，不知道你在叫谁，所以你也不怕他们。但你心里还是喊不出口是不是？

是呀是呀。一天一个劲地点头。老板仿佛钻到自己心里看过了一样。

现在你应该明白了，既然你不怕他们，刚才我又不在，你怕谁呢，究竟怕谁呢？老板说完，又诡秘地笑了一下。

牛！老板。我想我明天继续去推销吧，一天一拍脑袋，恍然大悟地说。

老板坏坏地笑了。

剩饭饿了吃

石风去到刘经理家里的时候，正赶上刘经理家里吃午饭。刘经理打开门，石风就忙着说，刘叔好，我是石风。刘经理愣了愣，哟，这么大了，来，快进来，一起吃饭吧。石风说，谢谢刘叔，那我就不客气了。

一路上，石风都在想刘经理会给自己安排一个什么样的工作。石风今年刚大学毕业，本来可以和父亲一起经营父亲的公司。可是天有不测风云，一夜之间，父亲的公司竟然垮了，曾经拥有上百万资产的石风家变得一贫如洗。父亲绷着长满皱纹的脸，把眼泪噙在眼里笑着对石风说，没事，有你呢。父亲叹了口气，又说你去你刘叔那里吧，我已经给他打电话了，他会给你安排工作。末了，父亲说，可得跟你刘叔好好学学。

石风的父亲和刘经理是战友，一起退伍后都步入商海。刘经理的公司一直经营得很好，石风父亲的公司，如果听了刘经理的意见也许就不会倒闭，可父亲没听。

于是石风就去找了刘经理。

刘经理把石风带到餐桌边，石风的眼睛就盯在了那一桌子丰盛的饭菜上了。自从父亲的公司倒闭以来，家里已经很久没吃什么丰盛的饭菜了。石风咽了一口口水。刘经理笑了，递给石风一双筷子。刘经理说，石风呀，你父亲能不能东山再起就靠你了哟。石风咽着口水说是，石风说还得靠刘叔帮忙。刘经理说，我还得真的帮你们才行，这样吧石风，你刚到我这里来，叔就安排你到仓库去发货怎么样？

什么？石风不相信自己的耳朵。

刘经理不紧不慢地说，是的，我们公司刚好缺一个发货的。

石风心里实在不好受。石风想，我爹叫我到你这里来，你就这样安排我？好歹我也是个大学生呀，再说我爹也有过公司呢。

呵呵，只顾说事了，来来来，吃饭。刘经理说。

石风调节了一下表情，拿起筷子。刚要动手夹菜，刘经理就说话了。刘经理说，石风你的饭我给你另外准备了。说完，就端过来一碗饭。

石风端过饭一看，心里好一阵气愤。刘经理给他准备的竟然是一碗剩饭。石风从小到大，家里都处处有人照顾。他最讨厌吃剩饭，剩饭太难吃了。以前家里的剩饭他看也没看过一眼。石风觉得莫大的屈辱正在自己身上上演。难道这就是父亲所说的他最亲密的战友，最有水平的大经理？

石风站起身来，刘叔，不，刘大经理，你这剩饭我从来就不吃。说着，石风起身径直走出了刘经理的门。

刘经理微笑着说，不送。待石风走远，刘经理又说，这饭我给你留着，你会吃的。

两个月后，石风仍然在街头找工作。由于石风在学校读书的时候并不怎么用心，所以两个月以来石风找了许多工作，但都没能留下来。而石风身上的钱已经花光，石风更不敢回家去见父亲。父亲如果知道自己没在刘经理那里而出来了又没找到工作的话，父亲不知道多么失望。

这个夜晚，在城市的屋檐下，石风静静地坐着，脸上淌着泪水。石风已经有两天没吃饭了，渐渐地，饥饿让他昏了过去。

当石风醒来的时候，闻到了一股饭香。石风张开嘴，那好吃的米饭正一勺一勺地送进自己口中。石风睁开眼，看见坐在自己面前喂自己的正是刘经理。

刘经理微微笑着说，风儿，这饭香不香？

香，我好久都没吃到这么香的饭了。石风说。石风说的是心里话。

刘经理说，这里还有最后一勺饭，来，你看看这是什么饭？

石风睁大眼睛，剩饭？这么香的饭竟然是自己最讨厌吃的剩饭？

是的，刘经理说，你吃的就是剩饭。你不明白吧，我知道你以前最不爱吃这个，那是因为你那时是饱的，不饿。可现在你饿了，吃起来自然就香了。剩饭，要饿了吃。

剩饭饿了吃，石风说。剩饭饿了吃，石风反复点着头说。石风突然睁大眼睛说，我明白了，刘叔，剩饭饿了吃。

刘经理拍拍石风的头，笑了。

接着，石风做了刘经理的仓库管理员。

五年后，石风的公司首笔业务签成之后，石风把刘经理请到了一家酒楼。在布置幽雅的包房里，服务员端上来的竟只有两盘剩饭。石风和刘经理对坐着，边吃边笑，一直到把泪水都笑出来了。

标准价值

刘经理发现皮小毛的那个下午，皮小毛正蹲在车间里的一个角落里看书。皮小毛瘦，皮包骨头，一副廉价的眼镜架在鼻子上显得格外地不协调。

刘经理看了看皮小毛，又看了看皮小毛手里的书，刘经理说，你跟我到办公室来一趟。很显然，皮小毛对刘经理的出现毫无准备，待他回过神的时候，刘经理留给他的只剩下背影了。皮小毛心里战栗了一下，赶紧站起身来跟在刘经理的后面。

这是一家私营企业，它在全国颇有影响力，其产品远销国外，效益非常好。皮小毛费了好大的劲才从应聘者中脱颖而出，从而侥幸成为公司的一员。而刘经理就是这家公司的创始人。刘经理很年轻，今年只有30岁，据说他的创业路几乎一帆风顺，对员工的管理更是别具一格。难道刘经理要解聘我？皮小毛的心里再一次战栗。

走进刘经理的办公室，里面的摆设很朴实。刘经理坐在自己的椅子上，示意皮小毛坐下，然后起身给皮小毛倒了杯茶。皮小毛受宠若惊地接过刘经理手里的杯子，心里再一次忐忑起来。

刘经理说，刚大学毕业吧？你的目标是不是只做一个最底层的员工？

皮小毛点点头，但立刻又摇摇头说，不，只是我必须得从最底层做起。

刘经理的脸上露出了微笑，好，有志气。刘经理悠闲地在老板椅上转了一圈，然后将两只手架在胸前对皮小毛说，我刚才见你在看企业策划方面的书，我查看过你的档案，你在学校时也干过不少策划，我觉得适合你的工作不是一个最底层的技术工，从明天起，你到策划部上班吧，那里应该有你更广阔的天空。

皮小毛的思维停顿了一下，然后所有的表情只剩下连声的谢谢和点头了。这是皮小毛进入这家公司的第三天，刘经理就如此器重自己。皮小毛说，我一定努力干，一定。

刘经理依旧一脸微笑地说，去吧，档案我已经叫人事部调过去了。对了，刘经理补充说，现在起你的工资由原来的800元涨到2000元，这是一个策划师应该得到的报酬。

走出刘经理的办公室，皮小毛知道，自己所有的感激都不及努力地工作，唯有不断出成果才是最好的回报。在接下来的日子里，皮小毛天天自觉加班，不断开动脑子，在自己的努力下，皮小毛不断成功地做出一次又一次的策划，为公司获利不少。当然，皮小毛自己也成了策划部里最优秀的策划师。

这期间，刘经理又把皮小毛叫到自己的办公室。刘经理说，你的工资也该涨一涨了，在我们公司，一个优秀的策划师的工资应该是2500元。

皮小毛说为什么？刘经理脸上依旧是微笑，刘经理说，应该说在我们公司一个人的收入和他创造的价值是成正比的，你现在就应该拿到2500元的工资，多了不行，少了也不行。

皮小毛笑。刘经理有刘经理的价值观。

又一次成功的策划之后，皮小毛的名声在业界大噪。接着，皮小毛被另一家竞争公司的董事长请进了办公室。对方一番恭维之后，开门见山地说，来吧，来我们公司，在我们那里，你这样的人才的价值是月薪3000元。

从那家公司回来之后，皮小毛犹豫了一下。一个偶然的机会，皮小毛问刘经理，我的价值还是月薪2500元吗？

刘经理的脸上依旧划过一丝平静的微笑，是的，还是2500元。

一丝失落无意间爬上了皮小毛的脸。

但皮小毛没想到，就在皮小毛和刘经理谈话的第二天，刘经理却把皮小毛的工资涨到了3500元。为什么？皮小毛问。刘经理说，不为什么，是你提醒了我，我才突然发现你的价值是3500元。

皮小毛笑了。一切又恢复了平静，拿着月收入3500元的皮小毛依旧加班，依旧卖力，依旧新鲜的策划不断。

就在皮小毛全力准备下一轮策划时，他却意外接到人事部的通知：他被刘经理炒了鱿鱼！

为什么？愤怒的皮小毛去找刘经理，接待他的却只有紧闭着的门。

皮小毛转身，此处不留爷，自有留爷处！

很自然，皮小毛去了先前那家邀请他的公司。

三个月后的一天，在皮小毛新去的那家公司门口，一辆黑色的奔驰车远远地停着。车里坐着两个年轻人，一个是刘经理，另一个戴眼镜的是刘经理新聘任的策划部主任。

刘经理指着拿着行李正从这家公司门口走出来的一个人说，哎，那就是我们公司前任主任皮小毛。

眼镜说，就是他？他好像又被炒了？

不，他是自己辞职的。刘经理微笑着说。

正当眼镜用疑惑不解的目光看着刘经理的时候，远远地却传来皮小毛的抱怨：我在人家公司拿3500元的工资，在这里却只拿3000元，还能体现我的价值吗？

真是神了，您知道怎么他是自己辞职的？眼镜用钦佩的目光看着刘经理。

刘经理还是一脸微笑不紧不慢地说，几个月前我给他把工资涨到3500元的时候，就已经知道今天他会从这家公司辞职的。

我们回吧，从基层锻炼起来不容易，接下来是该你体现价值的时候了。刘经理又说。

西 服

是他，没错，真的是他。

刘明赶紧低下头，迅速披上大衣，遮住自己的工作服。刘明没想到会在这里遇到张畅。

张畅是刘明的大学同学，而且是老乡。当年村子里，就考取了他们两个大学生。他们一直是村里人的骄傲。毕业后，张畅回到了家乡在一个厂子里当秘书，刘明却硬着头皮出来闯，立志要闯出一片天地。

这是一家高级餐馆，刘明出来后不久就一直在这里工作。刘明的工作，主要是负责洗盘子。每天，刘明都会洗比他自己的身高还高两倍的盘子。当然这是一份很辛苦的工作，尤其是对刘明大学毕业生的身份而言更像一个笑话。刘明就怕家乡人知道更怕娘知道，于是上次回家他就撒谎说自己在一家大公司里当经理。喜得娘合不拢嘴，在村里捞足了面子。

张畅还是看到了刘明，径直朝刘明走了过来。刘明不得不赶紧调节自己的表情。

张畅。

刘明。

张畅紧紧握住刘明的手，说好久不见，没想到在这里遇到你呀。在这里吃饭？

刘明暗自庆幸没让他看出什么来，连忙说是呀，刚在这里陪一个大客户呢。

好呀，听你娘说，你在这边发展得很好，当经理了哟。还是你有出息呀，上次你衣锦还乡之后，家乡人都佩服你呢。张畅说。

刘明有些不好意思地说哪里哪里。刘明本来想和张畅多聊几句，但心里特别紧张，还是怕露馅。万一让张畅发现了，怎么是好。

就在这时，餐馆的老板出来了。刘明，老板喊。

刘明一愣。张畅也一愣。

刘明，你的碗洗完了吗？怎么出来了，这里没你的事，快洗碗去。老板又喊。

刘明看了看张畅，张畅正一脸微笑地看着他，刘明就恨不得在地上找个洞钻下去。很快，刘明回过头来应了老板一声。接着，刘明脱了外面的大衣，露出了布满油渍的工作服。

对不起，刘明说。其实，我……

没什么，张畅说。张畅一脸平静。

我无能，出来一直没找到好工作。后来娘的病又重，急着用钱。我答应过娘，出来后给她争气，好好找份工作，孝敬她。可我，我太没用了。刘明的眼圈红了。

快别这样说。张畅说其实你比我好多了，你知道我为什么来这里吗？

刘明疑惑地摇摇头。

家乡的厂子垮了，我也出来闯。可我找了好久都没找到工作，后来我就干起这个来了。说完，张畅走到垃圾篓旁，把里面的垃圾提了出来。张畅又说，要是让家里人知道我在拾垃圾，唉……张畅的眼圈也红了。

张畅看了刘明一眼，换了个表情说你很忙就忙去吧，我还要去其他地方看看，我有空来找你。说完张畅就走了。临出门，张畅还笑着说，我们可要共同保密哟。

刘明看着张畅，才放心地点了点头走进了厨房。

两个月后，刘明又衣锦还乡了。刚到家里，娘就高兴地抚着刘明的头说，孩子，你托张畅带的补品还真不错。只是麻烦人家一个大经理亲自送上门来。

　　补品？经理？刘明有些糊涂。

　　娘说，是呀。前不久，张畅去你们那边考察了，他说他专门去了你的公司，好家伙，你好气派呢，管几千人。那补品不是你专门托他带回来的吗？那孩子也不错，现在已经是我们这里服装公司的总经理了。

　　刘明心里蓦地一热，不由得突然想起张畅那天穿着一套笔挺的西服。刘明的眼睛顿时湿润了。

幸福的轮回

王语对自己的生活有全新的认识是从李顺做了自己的邻居开始的。

王语在机关上班,单位效益不好,但竞争激烈,哪天不努力就可能被淘汰。王语的老婆下了岗,儿子正上初中。工作累,生活更累。王语觉得自己在单位一直抬不起头,在家里一直喘不了气。很多次,王语都对自己失望了,要不是头上绷着一张男性特征明显的脸,王语真想自杀算了。

但幸运的是李顺成了王语的邻居。

王语的隔壁以前一直空着,里面没装修,是清水房。这天王语下班回家,意外发现隔壁的门开着,他刚想看个究竟,里面就探出一颗圆乎乎的脑袋,一个肩上搭着块毛巾的中年汉子露出一口洁白的牙冲他笑道,我叫李顺,今天刚搬来的。李顺说他从乡下来,带着老婆孩子准备找点事做,他自己打算到工地上干点体力活,老婆就去擦擦皮鞋什么的。

没几句话,王语就和李顺成了熟人。王语走进李顺的家,里面空荡荡的,只有几样简单而且破旧的家具,一个和自己孩子差不多高的孩子正蹲在一个塑料凳子面前写作业。一根绳子拉在客厅中央,上面挂着几件补了补丁而且褪色的衣服。王语的鼻子当即一阵酸楚。

王语回到家里,连忙将儿子不愿意穿的一些衣服收拾了出来,将家里的一些闲置着的凳子和椅子都搬了出来,然后一起给李顺家送了过去。李顺感激地收下,尤其是那些衣服,李顺的儿子高兴得跳了起来,马上就忍不住穿上试试。

这天晚上，王语躺在自己的床上，第一次感觉到自己的生活其实很充实。与李顺比较起来，自己起码有一份稳定的收入，尽管累点，但总比干体力活好。自己的妻子儿子，从来都是衣食无忧，自己再苦再累也不会让他们委屈。更让王语高兴的是，他第一次发现自己也能帮助别人，尤其是想起李顺的儿子试穿自己儿子衣服的高兴样子，王语发现原来能帮助别人也很快乐。

在接下来的日子里，李顺一直很尊重王语，觉得他是个有单位的人，不简单。李顺常常一脸汗水地对王语说，瞧你多好，坐在办公室里不吹风不下雨的也能比我挣的钱多好多倍。这时候，王语就突然觉得自己其实过得很幸福。王语经常帮助李顺家，比如给李顺的儿子买点学习用品，给李顺联系点更挣钱的体力活，给李顺的老婆找几个固定的客户擦皮鞋。

看到李顺得到自己的帮助，王语就更快乐了，王语对自己的生活充满了信心。此后，他每天都想方设法帮助李顺家。王语说，邻居呢，有什么事说一声。

这天下班回家，王语发现李顺家里有动静，王语敲门一看，只见李顺一身白色的灰浆正在刷墙。李顺露出洁白的牙齿说，老婆擦皮鞋的家什让城管给没收了，刚好这几天他干体力活挣了点钱，他发现这院子里爱打牌的人特别多，于是就想把家里拾掇一下，开个小茶馆。为了节约钱，他就自己刷墙了。

好呀，这主意不错呀，你脑子蛮机灵的嘛。王语马上支持，说回头我给你找几个客人，给你捧场。

没几天，李顺的茶馆就开业了。没想到，生意挺不错。李顺夫妻俩整天在茶馆里忙得脱不了身。每次王语下班回来，都看见他们俩在忙。最初王语也没怎么在乎，后来有一天事情就发生了转机。

中秋节这天，单位给每个人发了一盒月饼。包装看上去不错，但单位里的人都知道，与自己买的月饼比较起来，谁愿意吃呢。不少同事干脆把领到的月饼往王语桌子上一放，说，王语，我们的都给你了，你家里还有孩子呢。换以前，王语肯定会生气又会想到自杀，但这回王语没有，王语想把这些月饼给李顺家多好。

下班的时候，王语就把月饼带回了家。可刚进家门，就发现桌子上放着一盒价值不菲的月饼。老婆见他回来，连连抱怨说家里有月饼了你还带那么多回来干吗。王语说我想送给李顺家呀。王语老婆马上就吐了口唾沫说，瞎操什么心，现在李顺家还需要你送月饼？我们桌上的好月饼就是李顺家送过来的。这几个月他家开茶馆，发了。

发了？怎么发了？

老婆说，你不知道呀，他现在一天的收入相当于你半个月的工资。现在他们家可不是以前了，前几天我把儿子的一件旧衣服送给他们家，结果他儿子没看上。你呀，以为你在单位上几天班就了不起呀，还赶不上人家开茶馆的！老婆说完，就甩给王语一个冰凉的背影。

老婆的话一遍又一遍在王语耳边回荡。王语将一大堆月饼统统掀在了地上，然后点了根烟猛地抽了起来。隔壁的麻将声不断，王语感到了前所未有的烦躁和失落。他发现自己又回到了从前，原来自己的生活一直都很失败，连李顺都比自己过得好。王语用力地拽住了自己的头发，片刻之后，他缓缓地拿起了手机。

这天晚上，李顺家里来了一批警察，把李顺的茶馆给查封了。第二天早上，王语起床的时候，发现李顺的门半开着。王语走了进去，看见李顺正低头坐在地上，家里一片狼藉。

看见王语进来，李顺沮丧地说，警察将家里的钱和麻将全部没收了，还要求我交几千元罚款，我这下不但不赚钱，还要欠一屁股债，唉，还是你们有单位的人好呀。

王语连忙从钱包里掏出一叠钞票塞给李顺说，先拿着，把事情了结了再说。李顺接过钱，感激得差点掉眼泪。

看着李顺的样子，王语立刻有了一种前所未有的幸福感。王语说，邻居嘛，有什么事说一声啊。

一只土碗

　　这是在先生家的客厅,青年和先生相对而坐。
　　青年西装革履意气风发,从头到脚都是用钞票包装起来的名牌。他的面前摆着一只土碗。碗毫无特色,是在乡下随处可买的那种,做工粗劣,而且还有几个缺口。先生微眯着眼睛,从规则的圆形眼镜片里透出一道专注的目光。先生端着碗,反复端详着,片刻之后,才小心地将碗放下。
　　没错,这就是我当初准备花十万元买下的那只碗。先生说。
　　青年呵呵地笑了笑,然后又搓了搓手说,现在,现在五万元我就卖给你,如果你真想要,价格还可以商量。
　　哦? 先生偏了偏头,有些吃惊地看了看青年。你想通了?
　　先生是这一带的名人。先生饱读诗书,满腹经纶,其为人为文在这一带几乎家喻户晓。三年前,先生被一所大学热邀去搞讲座。先生历来为人低调,讲座开始前先生谢绝了校方前来迎接的专车,一个人徒步来到学校。先生喜欢这种一边欣赏风景一边思考问题的生活方式。路过食堂的时候,一个学生和先生撞了个满怀。端在学生手里的碗顿时落到地上,碗里的饭也撒了一地。
　　先生连连说对不起,并蹲下身来捡那只碗。但这时,先生愣住了。先生看见,落在地上的竟然是一只土碗,庆幸的是碗并没有破,但碗的边缘却摔了好几个缺口。先生早年当过知青下过乡,他知道除了偏远的乡下外,城市里是没有人用这种土碗的,更何况是在这充满前卫和时髦的大学校园。

先生抬起头,他发现这个端土碗的学生格外清瘦。高高的个子却穿着极不合身而且破旧的衣服。看见先生的目光,他连忙退了一步,但马上他就迅速拿起那只碗怜爱地抚摸着碗上的缺口。先生发现,这个学生的眼睛顿时有些红了。

先生站起身,想对这个学生说点什么,但学生转眼就跑开了。先生的心似乎被什么东西扎了一下。

先生的讲座很成功。讲座结束之后先生并没有离开。他想起了那只土碗和土碗的主人。经过努力,先生好不容易打听到了那个学生的一些信息。这个学生和先生想的一样,来自乡下,家里的经济条件十分不好,一直是学校里帮扶的对象。而他手中的那只土碗,从进校时就在使用。他是学校里唯一一个使用土碗的人,这几乎成了学校里的一道风景。

最后,先生找到了那个学生。先生说,对不起,是我摔坏了你的碗,我想看看你的碗摔成什么样子了?

学生就把碗递给了先生。

先生拿起碗仔细看了看说,这碗,已经破了几道口子,我看我干脆赔你一只碗好吗?

学生摇了摇头说,你以为你赔得起吗?

哦?先生吃惊地看了看学生。看来你已经知道了,那我就实不相瞒了,你这只碗的确是只价值不菲的古董,说吧,你要多少钱卖给我?

你看走眼了,这只是我们家吃饭的碗,学生说。但你出多少钱我都不卖,这是我上学时我爹亲手交给我的,爹说,看到这只碗我就知道自己是个山里的孩子,就应该努力学习。为了给我找学费,爹的腿……

先生的眼睛一亮。先生说,这明明就个古董嘛,反正你也需要钱,我出十万卖给我?

我说了,你出多少我都不卖!最后学生转身走开,只留下先生一人在风中沉思了良久。

一晃三年就过去了。这三年里，先生一直惦记这个学生，先生每学期都会匿名给这名学生捐助全部学费。但先生没想到，三年后的今天，当年的那个学生，也就是现在坐在先生面前的这个青年竟然会主动找到先生，要把那只土碗卖给先生。

先生问，你真想通了？

青年笑了笑说，我早就想通了，现在钱才是最重要的，有钱什么都好办了。

还真谢谢您，三年前您要以十万的价格没买走我这只碗的消息传出去以后，有不少媒体报道了我的故事，我收了不少捐款。不过那些钱只够我读书用，现在我大学毕业，这不差点钱找工作嘛，所以我就想到了您。

那你爹的腿？先生问。

老样子，医生说治不好。我爹听说有人愿意出十万买我的碗我没卖，狠狠打了我一个耳光，还差点不认我这个儿子，我今天来您这儿，也算是他的意思。您看，这碗……

先生又端起碗，端详了片刻。先生叹了口气说，老实说，你这碗其实就是一只土碗，一开始我就知道它根本就不值钱。不过，既然你今天来了，我还是愿意出一万元买下它。接着先生就从抽屉里扔过去一叠钱，说，送客！

青年高兴地收下钱，接着起身。转身之际青年马上又站住了。我想问问，既然你一开始就知道是一只平常的土碗，为什么还会出高价买下它呢？

我当初出十万元是为了买一种精神，现在出一万为了买一份教训！先生并没抬头，只一挥手那只土碗顿时在地上撞得粉碎。

脆　弱

　　村主任想到了逃避。他决定在一个不为人知的夜晚离开村庄。他早早地收拾好自己的包袱，等待着那一天的到来。

　　这个村庄是村主任的出生地。他爱这个村庄，甚至胜过爱自己的家。当初，老婆带着孩子搬到城里去做生意的时候，村主任却执意留了下来。为了村里的工作，他现在和老婆几乎成了仇人。老婆不理解他，孩子不理解他，以前他都觉得无所谓。而现在，村里的人也不理解他。他的精神世界几乎崩溃了，所以他决定离开。去哪里？他自己也不知道，反正去一个没有人认识自己的地方。

　　村子里的变化，是钻井队到来以后才发生的。钻井队高高的铁架架在村子中央的时候，村里人都知道了一个振奋人心的消息。在村子的下面有着一个气矿，这个气矿是全国储藏量最大的天然气产地之一。

　　钻井队的工人们不断地钻探，也在不断地征用土地，所以村里的矛盾也就在这时产生了。几乎每一天，村主任都得陷入不断调解的矛盾中。今天是村里的张大叔不让钻井队开钻，说给自己的土地的赔偿太少。明天是李大叔和张大叔之间的矛盾，说张大叔收钱的那块地本来是他的，那个钱应该归他。后天还说不准是王大娘找钻井队麻烦，说机器的声音太吵让自己睡不着觉。总之，村主任发现，不知道怎么回事，村里人相互之间，村里人和钻井队之间都有着巨大的矛盾。

很多次，为了一点小事情，村里的人还打架，每次都打得鲜血直流，而且还要扬言放倒对方。

村主任就不停地在这些矛盾中周旋，调解，可是他并没有得到村里人的理解。他不断听到有人当面说他偏心，说他贪污。有一天，有人生气地对他说，你连自己的老婆孩子都管不好，还来管我们？村主任的心被深深刺痛，所以他决定离开。但村主任不想回家，回到城里的那个家，除了吵架还是吵架。他和妻子之间有着矛盾，很深的矛盾，就像村里的许多人之间的矛盾一样不可调解。

这天晚上月光格外明朗。村主任从村子出发的时候，整个村庄几乎安静了下来。村主任其实很喜欢这种静谧和谐的环境。但是他知道，只要天亮了，只要人们醒着，这个村里处处都是矛盾，处处都是仇恨和谩骂。村主任是爱这个村庄的，他走得有些依恋，走得有些无奈。一切都安静了，只有那口高高的井架还在轰轰地工作。

村主任是第二天凌晨赶回村里的。他没有走多远，一个可怕的消息像磁铁一样将他吸了回来：昨天晚上，村里发生了井喷，几百人生死未卜。他赶回村里的时候，村口已经拉上了封锁线，许多警察戴着防毒面具也不能进到村里面去。空气中浓浓的臭味像死神的味道恐怖而神秘。

他控制不住内心的冲动，他强烈要求进到村子里面去。在他的多次恳求下，搜救人员终于同意让他戴着面具带他们进去搜救。

他再次走进那熟悉的村里。可那是多么可怕的一幕呀，在这片熟悉的土地上，到处躺满了乡亲们的尸体：田地里，水沟里，那些先前他们劳作，他们争吵的地方……在一个院子里，推开门，地上竟然趴着十一具尸体。而这十一个人的手都向着同一个方向伸着，伸向那个有着生命的方向；在路边的一棵小树上，一个婴儿的尸体挂在了上面，她的母亲在树下睁着希望的眼睛；在一条水沟里先前矛盾最大的王大爷和李大叔，竟然是手搭着手倒在了一块；在井架附近，一个石油工人正用手卡着自己的脖子，他倒在地上的样子极像在拼命地呐喊……

村主任哭喊着，几乎没有力气站起来。他不相信，一夜之间，肆虐的毒气竟然让这么多人倒下。他不断扑倒在他们的尸体上，一边回忆着这些熟悉的面孔原来争吵时的样子，一边摇晃着他们说，站起来呀，你们站起来呀，和我吵，打我骂我都可以，我求你们站起来呀。

这次可怕的井喷一共夺去了二百四十三条活生生的生命。当这些尸体一具一具被抬出来的时候，不断有家人来认领尸体。那悲壮的场面，几乎在每个在场的人的脑子里都烙上了永生不忘的痕迹。他站在那些熟悉的尸体旁，泪水早已经流干，他甚至不知道用什么情感来表达自己此时的感受。

就在这时，一双温暖的手用力地抱住了他。同时，伴随而来的是一阵大哭。他低下头，看见妻子蓬头垢面地扑在自己怀里。妻子呜咽着，你怎么也不打个电话回来，听说井喷了，我连家里的门也没关就上来找你。他抱着妻子，几年以来第一次这样抱着，幸福感莫名其妙地涌上来，他说，我不是还活着吗？

那次刻骨铭心的灾难之后，他依旧回到了村里当村主任。但此后村里的人都很友好，很少有人发生矛盾。而他和妻子尽管离得有些距离，但感情很好，两个人天天都要通上好几次电话。每次遇到别人发生矛盾，他都会神情凝重地说，能活着多好呀，干吗还要吵吵闹闹？

底　气

　　张小光回家的时候，发现一大群警察正围在自己居住的小楼门前。张小光连忙走近一打听，原来今天下午一个贼到一楼的王老皮家光临了一圈，将王老皮送儿子读书的几千元学费偷了个精光。

　　警察查看了现场以后，对王老皮安慰了一番，说他们会尽快破案，同时叫王老皮自己也留意一些线索，之后就上车准备离开了。王老皮显出一副悲痛的样子一边向警察挥手一边说，我一发现线索就会联系你们的。

　　警察走后，王老皮就开始大声地骂开了。是谁那么缺德呀，那可是我儿子读书的学费呀。小楼里的住户都纷纷去安慰王老皮，说失财免灾，丢了就丢了。这时王老皮把大腿一拍说，怎么能说丢了就丢了呢？我断定这贼就住在我们这栋小楼里，不然他不会熟悉我们家里的情况。我劝他早点自首，要是被我查出来了，非扒了他的皮。王老皮说到这里，狠狠地环视了一圈，又说，而且很可能是那些没有职业游手好闲的家伙。

　　王老皮的最后一句话，让张小光格外感到不安起来。张小光前段时间刚失业，现在正在找工作。张小光觉得，王老皮的话似乎就是针对自己说的。张小光没有过多停留，连忙回到了自己家中。

　　第二天早上，张小光出门的时候，王老皮叼着烟站在了小楼的大门口。王老皮的脸铁青着，脸上的皱纹都绷得几乎没有了。王老皮说，张小光你昨天下午去哪里了？看没看见有陌生人进我们小楼？

张小光心里突突直跳，他感觉自己真的就像那个偷东西的贼一样，心里特别没有底气。他连忙说，我昨天下午没在家，当然也不可能看见什么陌生人。王老皮瞅了他一眼说，那就好，你可不要撒谎，不然我送你到警察局，让他们问你。张小光感觉自己的血压在急剧升高，他立刻又说，我真没有在家，我在外面找工作呢，不信你问职业介绍所去！王老皮好像有点相信了，他说好吧，我可不希望有人撒谎。张小光迅速走出去，边走他又听见王老皮在问后面跟上来的人，你昨天下午去哪里了？看没看见什么陌生人到我们小楼里来？

张小光松了口气。他远远地看着王老皮，他发现王老皮身上有一种以前从来没有看到过的神气，王老皮根本就把自己当警察了。他对每个住户都大声地问话。以前王老皮在小楼里是最不起眼的一个角色，对谁都不敢大声说话。现在他好像变了个人，不光说话的语气，就连走路的姿势似乎都发生了变化。每当遇到有人反驳自己的时候，王老皮就猛地把脚一跺说，被盗了几千元，我该不该问？哪个我都该怀疑，信不信我把你当嫌疑对象送警察局去？就算不是你，回来唾沫星子也会把你淹死！只要这句话一出口，对方马上就蔫了，连忙说该怀疑，该怀疑。

张小光晚上回家的时候，发现王老皮依旧坐在大门口。门上，挂了一把大铁锁。王老皮瞥了一眼张小光说，要进来，给五角钱开锁费。张小光一脑子问号，为什么呀？话音刚落，王老皮顿时从凳子上弹了起来。你说为什么呢？我丢了几千元，现在买把锁还不是为了大家不再丢东西呀？我给大家看门，给点辛苦钱难道不应该？你别说了你，信不信我把你当嫌疑对象送警察局去？就算不是你，回来唾沫星子也会把你淹死！

张小光马上从裤袋里掏出五角钱，递给王老皮。要真送警察局了，能说清楚么？张小光刚进门，王老皮就把门锁上了。接着张小光看见后面进来的人都给了王老皮五角钱辛苦费，甚至还有人给王老皮递了支烟，一边给王老皮点上一边说，你家被盗的时候，我可不在家。

张小光就有些羡慕王老皮了。王老皮不就是被贼偷了一回吗？他凭什么那么神气？渐渐地，张小光的脸上就有了笑容。

这天晚上回家，张小光特意将自己家里的抽屉翻了个底朝天，然后将家里的东西胡乱扔了一番。然后他给了王老皮五角钱开锁费出了门。再回来的时候，张小光不但给了开锁费还特意给王老皮敬了一支烟。王老皮得意地冲张小光笑了笑。之后，张小光回家，拨通了110报警电话。张小光说，自己下岗时单位补的一万元现金被盗了！

警察很快就来了，小楼里的住户都纷纷过来看热闹，有的开始不住地安慰张小光。一番查看之后，警察说贼可能是翻墙进来的，因为门口有锁嘛。然后警察又说，我们会尽快破案的，你如果发现什么线索，及时通知我们。张小光装出一副悲痛的样子，说，我有线索一定会通知你们的。

警察走了之后，张小光突然觉得自己有了前所未有的底气。再也没有谁敢怀疑自己了，再也没有人敢收自己开锁费了。他一边破口大骂一边径直走到大门口，俯视了坐在门口的王老皮一眼，他发现王老皮其实很渺小。

张小光说，让开！王老皮连忙问干什么？还没等王老皮说完，张小光猛地一跺脚，吓得王老皮一个哆嗦。张小光愤怒地说，干什么，你还问干什么？我丢了整整一万元，这开锁费是不是该我来收？我现在第一个怀疑的就是你，你不是在门口看着吗，我怎么会丢东西？你让开，你信不信我将你当嫌疑犯送到警察局去，就算不是你，回来唾沫星子也会把你淹死。

王老皮蜷缩着身子，连忙将大门的钥匙递给了张小光。

第二天，张小光就再没有出去找工作，他坐在大门口，一边收着开锁费一边大大咧咧地骂着，我丢了整整一万元，哪个不该怀疑？

逃

我们都被五花大绑。

我很奇怪这样的格局。现在我和许许多多跟自己年龄差不多的人，被关在一个大笼子里了。笼子的四壁都是用钢条焊接成的，十分坚固。而我们每个人身上都绑着许多像金条一样的东西。应该就是金条吧，大大小小的黄灿灿的很刺眼。但我分明感觉到这些绑在我身上的东西很沉，让我感觉不到丝毫自由的存在。

我们不知道，为什么我们会被装在这样一个大笼子里，更不清楚为什么我们身上会被绑上金条。

我们首先需要自由，我想。也就在这时，我和笼子里的其他人同时发现，这个笼子竟然有一道大门。此时这道门正大大地开着，更让人兴奋的是，笼子门口竟然没有人看守。

我们可以逃走呀，我说。我的话音刚落，空中竟然传来一个奇怪的声音，它说，是呀，你们现在可以逃走，快逃吧，逃得越远越好。

为什么我们不逃呢？这时所有人都打起精神，迈着步子立刻向笼子的大门口走去。但一动脚，我们都发现了一个问题，由于身上绑的东西太沉，我们的步子都不快。所有人的动作都显得很缓慢。不过让人奇怪的是，笼子里的人居然都同时走出了笼子的大门，而这个过程中没有任何人阻挠我们。

现在我们在笼子外呈"一"字形整齐地排着。就跟即将进行一场比赛一样，大家都站在了同一条起跑线上。这时候空中又传来了那个奇怪的声音，它又说，快逃呀，快逃呀，逃得越远越好。

于是所有人都开动了脚步，开始了新的缓慢的逃亡。

老实说，我心里特别紧张。虽然逃出了铁笼子，虽然我只是逃亡队伍中小小的一员，但我知道假若被先前关押我们的人发现，我还是很有可能被抓回去的，那样的话，我将又一次失去自由。只有离笼子的距离越远，被抓回去的可能性就越小，所以我特别卖力地迈开步子，可是绑在我身上的东西实在太沉了，让我的行动很困难。

为了逃得更快，我开始重新注意绑在我们所有人身上的金条。我很清楚地知道，在笼子外面，每一根金条都能满足一些愿望的。可是现在我在逃亡，这些金条让我几乎动不了脚步。我索性将几根金条抽了出来，然后扔掉。这时，我发现自己的行动立刻轻快了许多。我很高兴自己的这一举动。因为我不知道，如果我再次回到那个笼子以后等待我的将是什么。放弃绑在自己身上的金条，换来自己的自由应该是件很值得的事情。

在我扔掉几根金条以后，我发现同时也不断有其他人扔掉自己身上的金条。当然也有人一直没有扔。由于现在我们每个人身上的重量不一样，所以原来排成"一"字的队伍早就改变了，那些丢掉金条的人因为走得更快，所以逐渐走在了队伍的前面；更奇怪的是，当那些金条被我们扔出去以后，居然有人还俯身捡了起来。捡金条的人因为身上的负荷越来越重，渐渐地落在了队伍的后面。

别捡那些丢在地上的金条，谁捡了将马上被抓住送回笼子里。那个奇怪的声音又在空中喊了起来。快把你们身上的金条扔掉，如果被人抓到，命都没有了，还要金条做什么？

听了他的话，我又开始扔自己身上的金条。不断扔，我就不断感到自己的步子变得轻松，我看到自己渐渐地出现在队伍的前面，这也意味着在所有人当中，我离原来的那个笼子的距离越来越远。

我心里很高兴，但我回头看时，却惊奇地发现整个逃亡队伍的人越来越少。这些人去了什么地方，难道有人追上来了？一阵恐惧迅速涌上心头，我撒开腿，赶紧用力地跑起来，同时我将自己身上的金条统统扔掉。

　　现在身上一根金条都没有了，原来绑着我的绳子也自然地松开。我远离了那个曾经关押我的笼子，分明感触到自由的存在。

　　但是我不敢马虎，我没有忘记自己在逃亡。尽管可能性很小，我还是担心被抓回去。但我继续向前跑了很长一段时间以后，我发现原来那个队伍的人就更少了。因为逃亡的时间很长，我们大家都显得有些疲惫不堪，有的人头上渐渐有了白发。

　　又向前逃了一段时间以后，我和我身旁的一些人都同时看到了一块路标，上面写着：逃亡的人们，你们就快到终点了。

　　这一路艰辛的逃亡，总算就要结束了。我很庆幸自己逃得如此顺利。当我一步一步向所谓的终点靠近的时候，我突然间感到脚下有点异样。

　　我低头一看，是一根金条。一根和先前绑在我们身上一模一样的金条。我愣住了，我忽然想起，在我的逃亡过程中，我丢掉了太多的金条。其实每根金条都是可以满足一些愿望的，马上就要到终点了，我为什么不悄悄带一根走呢，只要不被人发现就可以了吧。

　　这样想了，我悄悄俯身捡起那根金条。就在这时，忽然我眼前一晃，耳畔又响起最初那个说话的声音：我告诉过你们大家，不要碰金条，有金条的也要丢掉，你还去捡？回去吧！

　　那个声音刚落，我看到我手里的金条马上变成一双明亮的镣铐，然后迅速将我铐住，同时我惊奇地发现，我又回到了最初关押我们的那个笼子。

　　不，我怎么又回来了？我不是逃走了吗？我在笼子里大声地喊着。

　　你犯罪了！还是那个熟悉的声音对我说。

　　你是谁？

　　我就是监狱的看守，我一直在提醒你们逃亡，可是你们却偏偏不听话要重新回来。

那个熟悉的声音又飘了过来,这时我发现,它是从一本书里发出来的,书的上面只有两个字:法律。

皮小毛害怕什么

我在一个有气没力的下午去找韩晓晓。我此行的目的，是想弄清楚这个赤手抓住逃犯皮小毛的英雄为什么能那样轻松得手。在此之前，我的领导老牛曾跺着脚指着我的鼻子说，你，一个堂堂的人民警察，你和你的同事们抓了几年都没有抓住的逃犯怎么在人家手里那么轻松就抓住了？你必须给我弄清楚！

韩晓晓这个人似乎很不好找，经过多方打听，我才在一条马路边上看到一个满脸灰尘，此刻正佝偻着身子认真补着一个大轮胎的老头。别人介绍说，那就是韩晓晓。

我着实吃了一惊。太不可思议了，就是这个老头抓住的皮小毛？

这几年以来，皮小毛一直是我们这个地区人民的一个噩梦。他偷盗、抢劫、打架几乎无恶不作。他就像一个"土皇帝"一样在这块土地上为所欲为。老百姓听到他的名字都吓得打哆嗦。更让人为难的是，尽管我和我的同事们一直在逮捕他，可是他像一只狡猾的老鼠一样一次又一次从我们的枪口下逃走。甚至有一次，他还大胆地给我的同事递了支烟，待我同事接过烟后发现是皮小毛时，他已经消失得没有踪影。然而，前不久皮小毛竟然被眼前这个老头给逮住了。

当时皮小毛劫持了一辆公交车。他拿着明晃晃的刀，要车上的每个乘客掏出自己的钱来。我是皮小毛，老子没有钱用了。他说，听到皮小毛的话以后，乘客们马上战栗着拿出自己的钱。就在这个时候，韩晓晓上车了。因为被劫持的车上的情景韩晓晓看得很清楚，韩晓晓就从车窗跳进车里。

本来韩晓晓的出现并没有给皮小毛带来什么威胁，皮小毛甚至还很生气地挥着刀对韩晓晓喊道，你找死呀老头，把钱拿出来。

这时韩晓晓就拿出了一样东西。韩晓晓走近皮小毛，只把这样东西给韩晓晓一个人看了。然后所有人都看见皮小毛战栗了起来。韩晓晓说，趴下，把手给我举起来。皮小毛就赶紧把刀扔掉，自己举起了双手。就这样简单，皮小毛这个久经沙场的逃犯落网了。

是什么东西让皮小毛这样听话的呢？这成了我们所关注的问题。有人传说韩晓晓原来是个部队里的将军，后来不知道为什么就到这里补鞋来了，说不定他给皮小毛看的是什么秘密武器呢。

我走近韩晓晓，然后给他递了根烟。我说，大爷您好，我是公安局的。

韩晓晓接过烟，并不说话，接着扔过来一个凳子示意我坐下。然后他用他那双几近灰色的眼睛打量着我。半响，他说，有什么事吗？

也没什么大事，就是皮小毛的事。我想知道您是用什么方法制服皮小毛的。我想，这对我们今后的抓逃工作会很有用。

那哪能算个事呢？韩晓晓说，说到这里我很脸红。许多人都问过我这个问题，但我说的答案几乎没有人相信。我只是找了一样让皮小毛害怕的东西，他害怕了就得听我的，对不对？你猜猜是什么东西吧。韩晓晓说，边说，他继续拿起手中的轮胎，专心地补起来。

皮小毛怕什么呢？我犯了难。枪？不可能，多次我们用枪对着他他照样我行我素。刀？更不可能，皮小毛的身上有多少条刀疤恐怕他自己也不清楚，难道他还害怕多那么一条？会是什么呢？皮小毛怕什么呢？我实在是想不出来。

韩晓晓这时站起身子。他补轮胎的地方有一棵大树，韩晓晓走到大树旁边，然后直起身子摘了一片树叶给我。你想不到吧，我用的就是树叶上那玩意儿。

我接过那片树叶，心里有种特别失望的感觉。那片树叶上，竟然贴着一条毛茸茸的毛毛虫。难道，一个如此穷凶极恶的歹徒就是被一条毛毛虫给吓住了？不可能，根本不可能！

怎么样，你也不相信吧。韩晓晓说，每个人来问我我都告诉他我用毛毛虫把皮小毛逮住的，可是一直没有人相信。我当过兵，不喜欢撒谎的。韩晓晓又说，其实不管你用什么，关键是要让皮小毛害怕，他害怕了就会听你的是不是？

这个道理我明白。我说，可是我真不相信皮小毛会害怕毛毛虫。

我也是无意中发现的。有一天皮小毛从我面前路过，刚好一条毛毛虫掉在了他的脖子上。你没见他当时的样子，几乎昏过去了，全身直哆嗦。开始我也不理解，后来我明白了，也许有的人不怕刀枪甚至死亡，但他就会怕一条毛毛虫。韩晓晓说。

我将信将疑地看着韩晓晓。此刻，他把心事又放在了补轮胎上。他从一个大轮胎里用力拔出了一个东西，他说，你看看，这么大一个轮胎，就是让这样一颗小铁钉给扎破的。

正说着，韩晓晓突然站起身来，提起他的家什撒腿就跑。

站住，谁叫你在马路边摆地摊的？我扭头一看，远远地有几个大盖帽正向这边走来。

我豁然开朗。

偷　吃

　　成同喜欢吃水果,这几乎成了成同生活中很重要的一部分。每天下班的时候,成同都会称上几斤自己喜欢吃的水果,然后回到自己的出租屋里一次性解决掉。

　　成同的出租房是和房东共用一个客厅的。房东是个老太太,六十多岁的样子。老太太带着一个正在读小学的孙女。成同很少看见祖孙俩出门,大多数时候,她们俩都在客厅里看电视。偶尔成同下班的时候,她们俩还喜欢到成同的屋里串门,然后找成同说一些柴米油盐之类的话题。

　　当然,每次成同下班回来,手里提着的水果都让房东和她的孙女看到。本来一直以来房东对成同的态度都不错,成同有些感激房东,所以下班的时候,成同往往会把自己的水果分一半出来,然后给房东送去。房东的小孙女总是高兴地将水果接过来,然后边走边往自己嘴里放。

　　渐渐地,成同形成了一种习惯,只要自己回家的时候房东没有睡觉,他都会把自己的水果分一半过去送给房东。有时候即使房东没在家,他也会给她们留一部分水果。

　　但是有一天,成同就不想再给房东送水果了。那天房东叫成同交纳水电费的时候,房东说以后的水费要多收两元钱。成同问为什么?房东说,马上就要到夏天了,夏天用水太厉害,所以另外多收两元钱。成同没再说什么,但成同心里很不高兴。

一直以来成同的水费都是按水表交纳给房东的，现在凭什么多收两元钱呢？

　　其实两元钱对成同来说根本不算什么，但成同心里就是不舒服。成同算了算，自己每天称水果的钱都在十元以上，而称的水果还要分一半给房东呢，现在她干吗还对两元钱较真？

　　这样想了以后，成同就不再愿意给房东送水果了。尽管成同每天还是会称水果，但成同回家的时候一定很注意，尽量不让房东看见自己手中的水果。只要房东没看见，成同就不再给房东送。反正自己又没有义务送水果给她！

　　有时候，成同也无法回避。比如，成同提着水果回家的时候，房东正好在客厅坐着。看见成同手里的水果，房东还笑着说，哟，今天的水果多新鲜呀。这种时候，成同就没办法，只得回屋里赶紧给房东送一些过去。再比如，成同提着水果回家的时候，房东没在客厅。可是他打开自己的房门刚坐下来，把水果往自己嘴里塞的时候，房东就过来串门来了。这种时候成同也只好送一部分水果给房东。

　　最近一段日子，成同发现尽管自己极不愿意将水果送给房东，但每天还是在送。成同甚至发现，房东似乎形成了一种依赖，一直以来都没有看见房东自己称过什么水果吃，好像专门在等成同送水果一样。每天下班回家，成同都看见房东坐在客厅。只要成同把水果送给她了，她就去睡觉了。好几次成同回家的时候，看见她没在客厅，心里正准备高兴的时候，她却打开自己的房门穿着睡衣出来和成同打招呼。

　　成同发现，自己从来就没有一个人安静地吃完自己称的水果的时候。这让成同很恼火，我花钱称的水果，干吗要送给她？可是每次遇见房东，成同又不能不送，不送好像很过意不去。

　　这天，成同决定一定要完整地吃一回自己称的水果，只要不让房东看见，就可以一个人好好吃个够了。但是怎么才能不让房东看见呢？成同想了好久，终于想到了一个办法。

　　这天上班的时候，成同就把自己的窗户开着。下班以后，成同买了几种自己特别喜欢吃的水果。成同在房子外面看了看，看见客厅里没有灯以后，悄悄地来到自己的窗外，然后悄悄地从窗户翻进了自己的房间。成同翻得很小心，生怕让房东听见。

　　进了屋以后，成同没有开灯。他悄悄地坐下，然后拿出水果疯狂地吃起来。

　　成同似乎从来都没有过这样的感觉，不把水果送人，一个人吃完的感觉。成同想，只要自己先把水果吃完了，就算待会儿开门出去再遇房东也没什么，因为我这里没有水果了。

　　正在成同吃得酣畅淋漓的时候，房间的门突然开了。啊，有贼呀！成同听见房东那刺耳的声音。

　　同时，房间里灯亮了。

　　成同的嘴里塞着一个苹果，两只手各拿着一个梨使劲地往身后藏。其他水果倒了一地，正在地上卖力地滚动着。

葬　腿

　　天阴霾着。一阵风袭过来，顿时一阵凉意。他挥挥手，对推着轮椅的管家说，停。

　　这是一片空旷的草坪。深秋过后，地上一片枯草。风中几个皑皑的坟头似乎在一起一伏。管家按照他的意思停了下来，然后按照吩咐将他抱下了轮椅，走到了一边。他坐在草地上，左手拿着一把铲子，右手抱着一个长长的包裹。他放下铲子，然后缓缓将包裹打开，展现在他眼前的，是一条赤裸的腿。

　　他太熟悉这条腿了，这条腿陪伴了他整整三十个年头。他摸着右边空荡荡的裤管，十几天前，这条腿还在自己的身上。而此刻，他抱它，是要亲手将它葬掉。

　　他的腿，一直是他的骄傲。

　　第一次为自己的腿骄傲，是因为一块面包。那时候他刚来到城市，十多岁的他因为身无分文好几天都没东西可吃，直到看到那块面包黄灿灿地躺在柜台里冲自己招手和微笑。他冲上前去，抓起那块面包转身就跑。他的腿就在这时候显得特别地有力，他的耳边响起忽忽的风声。那个装面包的柜台，那些凶恶的追喊声都统统被甩远。

　　后来，他几乎每天都习惯了这种奔跑。有时候同样为了一块面包，有时候为了一个钱包，也有时候是为了呼啸的警笛。但是，每次他都能飞快地跑掉。这都源于他那双腿。他的腿修长而结实。撩起裤腿一看，整条大腿上全是肌肉疙瘩。

奔跑的次数多了，他渐渐也有了些积蓄。在过着同种生活的兄弟们面前，也渐渐有了些地位。所有人都仰慕他一次也没有栽过，更仰慕他那一双行走如飞的腿。于是，他成了兄弟们的老大。

成了老大的他再没有亲自奔跑过。他有了自己的车，房子，还有了管家。他喜欢在热闹的街头，看那些丢东西的人为了追回自己的东西而努力地追赶。他觉得那是一种莫名其妙的刺激。他没有正式的女朋友，但他却喜欢找些美女前拥后抱。

后来，因为下面的兄弟出了事，他被抓进了监狱。几年的监狱生活结束后，他刚好三十岁。出监后，有人劝过他金盆洗手，劝他娶老婆好好过日子。但他并没有听，他带起弟兄们准备重操旧业。

然而，就在十几天前，一场意外的车祸改变了他的一切。医生告诉他，因为失血过多，他的右腿必须截断。尽管他大声地叫嚣，苦苦不肯做手术，但是最终那条腿还是离他而去。手术结束后，他执意要求，要亲手将这条腿葬掉。

他将那条冰冷而僵硬的腿放在地上，反复地抚摸。因为没有血液，那条腿显得格外的苍白。腿上的肌肉依旧显得紧而有力。抚摸着它，他似乎又想起了从前依靠腿疯狂奔跑的日子。

他叹了声气，将腿放下。然后拿起铲子，用力地刨了个坑。之后他将自己的腿慢慢地放在了坑里。他用手捧起泥土，一捧一捧地将腿盖上。那条从前多么有力多么值得自己骄傲的腿，就这样一点一点在自己眼前消失。他看着逐渐消失的腿，忽然发现自己正在埋葬的，正是自己身体的一部分。一部分死了，另一部分却在埋葬它，原来生与死之间竟然如此触手可及。他禁不住一阵害怕，眼泪婆娑起来。

在回去的路上，他从衣袋里拿出一张卡对管家说，这些钱你拿回去，分给弟兄们叫他们好好做人吧。

你呢？管家问。

他叹了口气说，我想在路边开个修鞋的铺子，对所有人都免费。

叛变的警服

王一权的新车里挂着一件警服。

王一权刚把车买回来,就去看望贺所长。王一权在贺所长手下干过一段时间协勤,曾经抓住过两个毒犯,贺所长对王一权印象一直很好。这次贺所长因为抓毒贩,被毒贩刺了一刀。当王一权赶到医院时,贺所长已经到了弥留之际。临终前,贺所长拜托王一权一件事,说他有一套警服还在干洗店没拿回来,那个干洗店老板王一权认识的,叫王一权帮忙把警服取回来交给组织。接着,贺所长就闭上了眼睛。

贺所长牺牲以后,王一权立刻就去了干洗店,很顺利地取回了警服。王一权将警服披在自己的座位上,难过了一阵,接着就准备将警服交给派出所。但王一权的车在去派出所的路上,却被路面执勤的交警给拦下了,车没有上户,更没有买保险,那张临时牌照早就在洗车时给冲毁了,一看就是"三无"车,交警当然要拦。

拦车的交警是个戴眼镜的警察,他做了个手势然后走到车前敬了个礼。其实这时王一权心里十分紧张,他已经计划着怎么去缴罚款了。王一权放下车窗,冲交警笑了笑。交警往里面看了一眼,正准备说话的时候目光突然一亮,然后竟然又举起手给王一权敬了个礼,微笑着示意王一权前进。

王一权受宠若惊,赶紧关上车窗驾车离开,边走王一权边一脑子问号,眼看就要罚款的,为什么交警"视而不见"呢?王一权想了半天,终于想明白了,这得归功于他车上的那套警服。交警一定把他认为是去办案子的某个便衣了,所以才放行。自己以前当过协勤,这个小县城里许多警察他都认识,人家看他眼熟很容易把他当正式警察,更重要的是那套真实的警服,似乎帮他证明了这一点。他才发现,原来看起来很普通的一套警服,竟然有着这么大的魅力。

为了证明警服的魅力,王一权故意将车开到一个交警面前。等交警走过来检查时,他放下车窗,然后说自己到前面办个案子,结果对方果然放行。

发现了这一点,王一权马上兴奋不已。贺所长已经牺牲了,这套警服的事反正只有他们俩知道。于是王一权决定将警服留下来,故意将它挂在最显眼的位置,让人对"警察"和这辆车的车主之间的关系浮想联翩。

说来也怪,自从有了这件警服之后,王一权的生活发生了很大的变化。他的车买回来近一年了一直没有去上户,但从来就没有被交警罚过款。他甚至可以随意调头,随意停放,闯红灯也没见有什么人找自己的麻烦。逢路面检查,他不但不避开,反而主动迎上去打招呼。遇到任何麻烦,只要那件警服一出现,马上问题就会迎刃而解。其他车主对他的车也多了几分敬畏,看见他的车都远远地避开,生怕惹着他了。

这让王一权很得意,很受用,以至于后面他做起生意也顺畅了许多。

这天,王一权很悠闲地靠在让那件警服环抱着的座位上,然后驾着车去做生意。行到一个十字路口时,王一权远远地看见有警察在执行路面检查。这种情形王一权早就见惯不惊,他很大方地开了过去。和他所预料的一样,看见他车里的警服,果然就没有人拦他。

王一权得意地按了声喇叭。

王一权将车继续往前开着,后面突然传来一阵警笛,接着,一辆警车超了过来,很意外地将王一权的车拦住了。接着从车上走下来一个二十来岁的年轻警察,他敬了个礼对王一权说,请出示你的证件接受检查。

这种情形王一权很少遇到,但他却十分镇定,估计这个警察是个刚出来的愣头青。他放下车窗，故意露出警服，对年轻警察笑了笑说，我到前面去办个案子，通融一下。

请你出示证件接受检查！年轻警察脸上没有任何表情，语气变得更加坚定。警服在他面前竟然不起丝毫作用。

警服失效了，王一权顿时感到全身无力。没办法，他只好下了车。接着，年轻警察对王一权的车进行了仔细检查，除了警服外，年轻警察很轻松地从车里找出了一把尺余长的砍刀，一捆一次性注射器和三包正准备去交易的"白粉"。王一权彻底蔫了！他被戴上了手铐，车也立马被拖移了。

在年轻警察颇为老道的审讯下，王一权最终不得不承认几个月来贩卖毒品的事实。正因为他的车很少有人拦，所以他想到了将毒品放在车内运输。

在审讯室里，年轻警察和王一权对面而坐。交代完自己的犯罪事实后，王一权依旧一脸不解，王一权问，其他警察都没有拦我你为什么要拦我？

年轻警察笑了一下说，他们不拦你，是因为你车里的警服。我要拦你，也恰恰是因为你车内的警服。

为什么？你的意思是那件警服出卖了我？

是的，年轻警察说，可以这么说。原因很简单，公安机关是不允许任何一个真警察拿着警察的身份去违法乱纪的，所以我一眼就知道你有问题。

你并不是当时执勤的交警啊，怎么注意到我车内的警服的呢？王一权又感到奇怪了。

年轻警察这时叹了口气说，我怎么可能不注意到呢？没有人比我更熟悉那件警服了，那可是我父亲的遗物啊，我怎么能允许它被人利用和亵渎？

年轻警察抬起右手对着墙上的警徽行了个礼，他的两只眼睛格外有神。

·097·

暗　杀

　　你确认是这个号码吗？医生抬起头，很认真地问。

　　是的，病人说，没错，就是它。这个号码我是永远也不会忘记的，当初是我亲手给妻子选的这个号码。

　　病人来医生这里其实有好一阵了。病人犯的是心脏病。不算怎么严重，但得必须好好疗养。病人最初是和他的妻子一起来的。病人的妻子很漂亮。漂亮的女人是在医院待不住的。病人在这里住了几天院以后，病人的妻子就不见了。病人的医药费已经没有了。医生就要了病人妻子的手机号码。

　　那就怪了，怎么还是打不通呢？医生再一次拨打电话，里面仍是嘟嘟的忙音。

　　病人叹了口气，说，你不用打了。是这样的，我和我妻子发生了一点不愉快，我也不知道她去了什么地方。她一直在生我的气，我都打过好多次电话了，即使通了她都不会接的。

　　那就不和她联系了吧。医生说，你在这里好好养病。费用我先帮你垫着，等联系上你妻子了再让她把钱还给我。

　　这……真是太感谢你了。你真是好人啦。病人有些激动。

　　医生赶紧扶住病人。你不能激动，一激动了病就可能复发。后果会不堪设想的。再说救助病人是我们医生的职责。

病人说，我看你年龄和我差不多吧，要不我叫你大哥？我是真不知道怎么感谢你。这几天以来，你一直对我照顾得很周到。

医生说你太客气了。医生又说，你生日是几月的？

病人有些不好意思地说，就是这个月，再过一个星期就是我生日了。

那我该叫你大哥。医生赶紧说。你好好养病，争取生日回自己家里过，到时候小弟我也去庆贺一下。

病人开心地笑了，连声说好呀好呀。真是太感谢你了。

都称兄道弟了，你还客气？

接下来几天，医生只要一有空就到这个病人这里来。医生不光非常注意他的病情，还想各种办法调节病人的心情。在医生的帮助下，病人的病好多了。而同时两个人的关系就跟亲兄弟一样好起来。

终于，在病人生日的前一天，医生对病人说，大哥你可以出院了。病人高兴极了，连声说好呀。但随即病人又忧郁起来。病人说，可是……病人又叹了口气说，可是你嫂子怎么还在生我的气，她不回来我这心里总缺点什么。再说，欠你的费用也没还。

医生连忙说，费用没问题，什么时候有了就还给我。这嫂子也真是的，怎么还不回来？先不要管这些了，我送你回家吧。

于是医生用自己的车把病人送回了家。

当天晚上，医生在病人家里玩了很久。两个人聊天一直聊到深夜。病人告诉医生，他一直很喜欢自己的女人，可惜今晚她不在，要是真能和她说两句话就好了。

这时，医生递给病人一个盒子。医生说这是我送给大哥的生日礼物，祝大哥生日快乐！

病人高兴地接过盒子，打开，里面是一只崭新的手机。医生笑笑说，和嫂子联系，方便！病人一脸感激，说，有你这样的兄弟，值呀。

临走的时候，医生还有点依依不舍的味道。医生走出门以后，又折身回来，递给病人几粒药。医生说，对了大哥，今天玩得太晚了，对你的病不好。这几粒特效药留给你，对心脏有好处的。

看着医生，病人的眼睛潮湿了。

　　从病人家里回来以后，医生立即开车回了自己的家。打开家门，有一个漂亮的女人早等在里面。这个女人就是病人的女人。病人的女人其实早就和医生好上了。女人把病人送到医院以后，按照医生的安排找了个理由和病人吵了一架，然后就在医生家藏了起来。

　　医生进屋以后，随手扔给女人一个手机号码。医生说，接下来就看你的了。用你的手机不停地打这个电话。

　　这样行吗？女人半信半疑地拨着号码。

　　行不行明天就知道了。

　　于是女人就拨通了那个号码。可是电话响了一声又一声，一直没有人接。后来女人拨累了，就不知不觉地睡着了。

　　第二天一大早，有人发现病人死在了家中。警察来到病人家中，看见病人嘴角有血，手里拿着医生送他的那只手机。警察通过现场勘测和尸体检查，最后排出他杀的可能。警察得出的结论是，病人是因为心脏病复发而死亡的。

　　医生也去了现场。在警察下了结论之后，医生立马驱车回了自己的家。回到家里，女人微笑着拥抱着医生说，亲爱的，警察没发现吧？

　　医生说，当然。他们能发现什么呢？他本来就是个心脏病患者。

　　女人说，可我现在还是不明白，他的病怎么犯了的？就因为你送他的手机和我那些无人应答的电话吗？

　　医生说，我忘了告诉你，我除了送他一部手机外，还送了他几颗特效药。其实那种药吞了以后，就算他把嗓子撕破也说不出话来的。

彩虹的背面

刚刚下过一场雨,天空放晴的时候,天上出现了一道彩虹。美丽的弧线,像一座彩色的桥。

女人牵着女儿的手站在了阳台上。今年五岁的女儿还是第一次看到彩虹,尤其是在这城市的天空里,就连女人自己也不知道有多少年没有看见彩虹了。女儿睁大眼睛,一脸好奇。女人却默默地闭上了眼睛,似乎有了心事。

妈妈,彩虹不好看吗?你怎么闭上眼睛了?

女人笑了,她不知道怎么回答女儿好。她还小,许多事情她都不懂。女人说,彩虹怎么会不好看呢?妈妈是在许愿,你知道吗,就像过生日吹蜡烛时一样。据说,看见彩虹许愿特别灵。

为什么会特别灵呢?

你看,彩虹像什么,是不是很像桥呀。传说那是神仙走过的桥,对着神仙许愿肯定就灵了。

原来是这样呀,那我也许个愿。女儿随即十分虔诚地闭上了眼睛。

这时,楼下响起了一声喇叭。女人看见男人的车停了下来。爸爸!女儿像一只欢快的小鸟,早早地迎了出去。男人在女儿脸上亲了又亲,然后抱着她推门进了屋。女人站在客厅,眼神里闪过一丝兴奋,但随即又黯淡下来。男人说,今天,我在家吃饭,做顿给我吃好吗?女人转身,进了厨房。

　　这场冷战已经持续了整整三个月了。三个月里，没有以往的争吵，甚至连一句过激的话都没有。男人每天早出晚归，甚至几天都不回家。女人不过问，像一个陌生人一样任由他自由地来去。她知道他在外面有了女人，知道他的心思早不在自己身上，她学会了接受和等待。女人知道，婚姻似乎和铁一样，烧到赤红以后离熔化的距离就不远了，但女人想，只要他不将离婚两个字说出来，她也绝不会主动捅破那层纸的。

　　女人自己也奇怪自己的冷静，女人最后终于找到了冷静的理由，那就是五岁的女儿。离婚，对女儿而言可能是一生的伤害。每次男人和女人吵架，女儿那种无助的哭泣，那种渴求的眼神都如针一样扎在女人的心上。女人发誓，不管自己受什么委屈，都将尽可能地维系这个家，为女儿造一个温暖的巢。

　　女人在厨房里忙活起来。冰箱里一直还装着男人最爱吃的带鱼。做菜的时候，女人的心情很复杂，她突然感到男人有些陌生，陌生得像一个远道而来的客人一样，女人不知道，吃饭的时候，如何去面对男人。几个月来，他们都没有好好在一起吃过饭了。

　　男人和女儿在客厅里嬉戏。来回跑着，跳着。女儿好久没开心过了，女儿喜欢画画，她拿着画笔跑进了厨房，然后在女人的手臂上顽皮地画了几笔又跑了出去。

　　饭做好了。这顿饭吃得格外地尴尬。男人并不说话，偶尔瞟女人一眼，他的筷子磕碗的声音很响。女人强带着微笑，不断为女儿夹菜。

　　饭后，女儿回到了自己的小卧室。客厅里，终于只留下男人和女人了。男人抽了支烟，狠狠地抽。女人看着男人，一动也不动。整个客厅里静得可怕。最终，男人将烟头掐灭了，从身后拿出自己的包，开始不断找东西。男人找了一遍，又找了一遍，似乎并没有找到。然后男人奇怪地看了看女人，看得女人有些莫名其妙。

　　这时女儿打开了门，手里拿了张纸，飞快地跑了出来。爸爸，妈妈，你们看我画的画漂亮不漂亮？女儿说。

你画的什么呀？让爸爸看看。男人说。

我的愿望。女儿立刻将自己的画亮了出来。

男人和女人顿时收起自己的严肃，一副喜悦地欣赏起来。那是一张标准的A4白纸，女儿在上面用心地画了一道彩虹，五彩的虹似一座美丽的桥，桥上还画着三个人手牵手走在上面。女儿说，那个男的是爸爸，女的是妈妈，最小的是我。女儿又低低地说，妈妈说，在彩虹面前许愿特别灵。

女人心中立刻涌上了一阵感动。她一把抱住女儿，但与此同时，女人听到男人竟有些生气地对女儿说，你画画的纸，从什么地方拿来的？

女儿显然被男人这突如其来的变化吓了一跳。她怯怯地抬起头看着男人说，你给我买的画纸用完了，刚才我就在你的包里找到这张纸，我以为是你给我带的……女儿哇地一声哭了，接着她手中的画落了下去。

那张纸飘了飘落在了冰凉的地板上，最后将女儿的画盖在了下面。原来这是一张本来就写满文字的纸，女人看清楚了，纸上有一个沉甸甸的标题：离婚协议。

女人的心碎了。

欠 账

秦师傅服务态度一直很好。

起初，张三只是偶尔到秦师傅那里修车。张三的车毛病不少，但都不大，通常花几元钱秦师傅就给他很快修好了。后来张三就经常到秦师傅那里去，除修车以外还搞一些养护。去的次数多了，张三和秦师傅就很熟了。秦师傅也就知道，张三是个低薪阶级，收入不高，就连这辆摩托车也养得挺为难。秦师傅理解张三，有时候一些小毛病就免费帮张三修，张三一脸的感激。两个人成了朋友。

张三就一直到秦师傅那里修车。有时，张三手头紧，欠秦师傅几元几十元的也是常有的事，但不出一个星期，张三就会想方设法找到钱给秦师傅。张三说，熟人，不能拖得太久。因此，秦师傅也非常信任张三。

后来，张三的车出了次大毛病。由于没有钱，张三就准备不修。秦师傅知道后，说先修吧，钱以后再给我。张三就去修了。这次车修好以后，张三欠了秦师傅好几百元。秦师傅说不急，什么时候有就什么时候给。

这次之后，张三的车毛病好像突然少了，很少去修车。但秦师傅还是经常遇到张三。每次见面，秦师傅都很热情地和张三打招呼。秦师傅知道张三经济紧张，就只字不提钱的事。但张三却很不自然，每次见面都很匆忙，而且总会说上一句我还欠你的钱什么的。

有一回，秦师傅甚至还发现张三自己蹲在地上修车。像那样的毛病，张三以往总是到秦师傅那里修的。秦师傅很纳闷，主动走上前去帮张三修，说你怎么不让我帮你呢？张三有些不好意思，说我还欠你钱呢，一直没都给。其实秦师傅很理解张三，张三没钱，再修怕欠得更多，不给不好意思，给又没有。秦师傅说不急不急，车照常来修，以后慢慢给嘛，我又没有要。

此后，很长一段时间，张三还是没到秦师傅那里去修车。秦师傅甚至连张三的影子也没看到。

这个张三怎么了，怕我了？

有一天，秦师傅的铺子里缺一样零件，秦师傅就到了离自己不远的师兄的铺子里去借。刚走到师兄的铺子门口，就看到了张三的背影。张三似乎没看到秦师傅，骑着车赶紧走了。秦师傅还喊了两声，但张三没有应。

怎么这人你认识，师兄说。他刚在这里修车呢，一点小毛病。

他给你钱了吗？秦师傅问。

给了，几块钱嘛。

怎么这样？秦师傅有些生气了。欠我的钱不给，有钱到人家这里来修。秦师傅突然觉得该找张三要钱。于是秦师傅找到张三的电话，没有多说话，叫张三把钱给了。

过了好几天，张三才来给钱。张三走路来的。张三把摩托车卖了。张三很不好意思地说了句欠久了，然后就走了。秦师傅张张嘴，想对张三说什么，却没说出口。秦师傅就深深叹了口气。

此后，张三和秦师傅形同路人。

再后来，秦师傅的铺子里多了块牌子，上面写着：小本经营，恕不欠账。

谁动了我的纸条

叔病了，病了好些日子。

叔躺在床上，不断地咳嗽。叔说，山子，你快进来。

我急急地跑进去，看见叔已经很吃力地支着身子坐了起来。叔说，山子，你扶我到村口的树下去看看，好吗？我说叔，那地方不干净呀。叔怒了，说，我就要去。

于是我扶起叔，艰难地向村口走去。

村口那棵大槐树下，叔以前经常去。叔每次去的时候都很小心，生怕被什么人跟踪似的。包括我，叔也不准我和他一起去那里。我本来也是经常去那里的。因为那棵大槐树上有许多树洞，洞里有鸟窝，我和几个小伙伴喜欢在树洞里摸鸟蛋。我一直想不明白，叔为什么不让我和他一起去呢？他去干什么，也是掏鸟蛋吗？后来，我和小伙伴就不爱去那里了。因为那棵树上吊死了一个人，大人说那地方脏，不干净。

其实，在树上吊死的人是村里的大美人麻三姑。麻三姑美丽动人，一点也不可怕。麻三姑家里穷，据说他爹要把她嫁给村长的儿子刘二。麻三姑不愿意，就在村口的那棵大树上吊死了。麻三姑吊死的那天上午，我在村口的小桥上见过她。当时我正从村里的槐树下掏鸟蛋回来。那天很倒霉，一个鸟蛋也没掏到，倒是掏着了一团废纸团。你说，是谁那么讨厌，用废纸放在树洞里，骗我们是鸟窝。我本想扔了它，但我突然就想到了我也可以这样骗骗别人呀。于是我把那团纸放在了另外一个树洞里，我想其他的小伙伴也会上当的。我回来的时候，就遇到了麻三姑，她坐在村口的小桥上一言不发，眼睛一直盯着村里，好像在等什么。但我们大家都没想到，当天晚上她就到村口的树上吊死了。

麻三姑的死是叔第一个发现的。那天晚上，叔和以往一样，悄悄地去村口的槐树下。当他走近的时候，发现那棵树上吊着一个人，叔当时就吓得哭了起来。人们听见叔的哭声，跑来一看，麻三姑的尸体已经硬了。

叔从那天回来后，就病了。病得厉害，村子里的人说，他撞到了鬼。

现在，我扶着叔一步一步地向那棵槐树走近。我的心里紧张急了。叔却越来越快，同时不停地咳嗽。终于我们到了树下。叔说，放开我。接着叔艰难地向那棵树走去。

叔走到树下，蹲下了身子。然后把手摸向了我那天掏出纸团的树洞。我暗自吃惊，难道叔到现在还要掏鸟蛋？但叔摸了一阵，没掏出鸟蛋，倒是和我一样，掏出了一团纸。

是哪个坏家伙，还忘不了用纸骗我们。我暗暗地在心里骂道。

叔把纸团迅速拿出来，然后打开。我看到叔看着那张纸，流泪了。

怎么了，叔？

叔把纸递给我，我看见上面有一行纤细的字：军，我等了你整整一个上午，你一直没来。我别无选择，只好来世和你再见了。

我着实吓了一大跳。因为我知道叔的小名叫军。

叔拭眼泪，叔说，我不知道你在等我呀。我不知道呀。

我说，叔，谁写的？

叔不语。半晌，叔说，不对呀，山子，你再帮我找找，还应该有一张纸条才对呀。

于是，我和叔迅速找了起来。找了好几个地方也没找到什么。这时，我想起了那天我放到另外一个树洞的纸团，是不是那里面也有一张纸条？我赶紧找到那个洞，那团纸果然还在。我把它递给叔，叔，你看。

叔赶紧把纸团打开。接着叔就一下子晕倒了。

我大声叫来大人，把叔抬了回去。叔的手里一直捏着那张纸条。

叔好不容易醒了过来。一睁开眼睛，叔就大叫，谁动了我的纸条，谁？我拿过他手中的纸条，上面同样是一行纤细的字：军，我们面前已经没有路了。今天上午我在村口小桥上等你，我们一起远走高飞吧，你如果不来，我就只好走另一条路了。

村口小桥？那天麻三姑不是就在那座小桥上吗？我又吓了一大跳，莫非这是麻三姑写的？

是谁动了我的纸条，是谁？就在这时，叔大吼了一声，头猛地歪向一边。接着传来家里人的哭声。

叔死了，二十四岁的叔在麻三姑吊死后的第二十天，死了。

村里的人都说叔遇到了鬼才死的。我却一直蜷缩在墙角，不敢出声。

足 疾

这天，我刚进办公室电话就响了。电话里是一个女人急切的声音："医生，求求你了，快点来救救我的丈夫，他得了一种没见过的病。你快来，我们现在的位置在夏华大厦楼顶……"

放下电话，我赶紧驱车向夏华大厦赶去。作为城市里最优秀的医生，一边走我一边在思考，在这个城市里，有什么样的病我没见过？我开过的处方也比我的身高高出好多倍，我治好的病人用火车拉也要拉好几车呢。

车到夏华大厦，我看到大厦楼下早就挤满了人，黑压压的一片，其中有不少消防队员和警察。他们忙着在地上铺气垫，其余的人都仰着头望着楼顶。我抬头一看，楼顶上有一男一女两个渺小的身影在动。看样子是有人要跳楼！可是，跳楼与我一个做医生的有什么联系呢？我一时间搞不懂。

来不及下车，几个警察赶上来连忙拉着我激动地说，你终于到了，快，乘电梯上去，那个女的好像支持不住了。

我莫名其妙地跟着警察们一起往电梯里跑，边跑我边问什么病，精神病吗？警察回答说，怪病，没见过的怪病。很快，电梯就上了楼顶。

楼顶上，一个男人身体倾斜着，两只脚不停地往前迈步。另外一个女人满脸汗水，正用力拉着男人。见我们上去，那个男人说，快，医生，你们帮我拉一下，我可不想下去摔死呀。女人也说，快呀，帮帮我丈夫。

不是自杀？我一脸疑惑。我们几个人用力和女人一起拉那个男人，可是不管我们怎么用力，男人的上身快挨地了，但他的脚却一直要往前走，一步也没倒退。

女人喘着气对我说，他哪里是自杀，是他的脚不听指挥，一个劲儿地要往前面走。医生，你快想想办法，不然就要出大事了。

他自己不想走，脚却执意要往前走，这脚怎么这么不听话？

为了救这个男人的命，我决定先控制住他的脚。于是我取出麻醉剂，往男人脚上打了一针，一分钟后，他的脚终于安静了下来。大家把他从大厦楼顶的边上拖了回来。接着，男人被送往了我的医院。

在病床上，男人一脸哀求地对我说，医生，你一定要帮帮我。

我不解地看着他。你先告诉我你怎么犯上这病的，你的脚怎么会不听指挥呢？要治好你的病，我必须清楚这些。

男人叹了口气，看了看旁边的女人说，你说吧，你把我这病怎么来的告诉医生吧。

于是女人就告诉了我。原来男人得上这病是好几年前就开始的。男人本来很喜欢旅行，一年四季习惯在外奔跑。有一次在旅行途中，遇到一座陡峭的山，大家都不敢去爬。于是就有人打赌，说爬上去了给多少钱。本着试一试的心理，男人就去爬了，结果爬了上去。在场的人都称男人是"英雄"，说他是"神足"。男人不但得到好听的称谓，还得到了经济上的奖励。

就从那时候起，一看到类似的冒险他都想去。女人说，而他那次回来之后，刚好又听说有人开车飞跃了黄河，有人沿着钢丝走过了三峡，有人登上了珠穆朗玛峰，有人坐火箭上了天。

是的。女人还没说完，男人就打断了她。男人说，你看看，凡是在常人看起来不能去的地方，只要你去了你就是英雄。所以就从那时候起，我就想去攀登别人攀登不了的山。只要别人说不能去的地方，我都想去。渐渐地，我的脚就形成了一个习惯，越是别人说不能去的地方，它就带着我主动去。问题是，我怎么控制也控制不住。

刚才就是因为我告诫别人说千万不能从楼顶上跳下去的时候让它听见了，它就带着他往楼顶上跑，准备跳下去！女人说。

我听完，冒了一头冷汗。我赶紧用听诊器认真听了听男人的脉搏，然后仔细看了看他的脚。我说，这病很难治。如果要根治，除非……

除非怎么样，男人从床上弹了起来。你说，除非怎么样？

如果真的想根治，除非截肢。我说，这是唯一的办法。

不，女人说，我不想让他上手术台。

这时，我发现男人的脚动了动。男人赶紧用手按住脚，大声对我说，不，医生，我不要截肢，我不能去手术台，我讨厌那个地方。

我拿着手术刀，叹了口气，无奈地起了身。因为这时我发现，男人的双腿带着他的身体已经像箭一样向手术室冲去。

背 疾

在乡下做了好几年医生,我决定到城里面去闯一闯。听说那地方,除了苦点累点外,挣钱跟捡钱似的容易。

好不容易用车把自己颠簸到城里以后,我决定找家医院应聘。没想到的是,我刚下车就被一个驼背的老头给拦住了。老头弓着身子对我笑着说,年轻人,你的病谁给你治的?

我顿时吃了一惊。病?我有病吗?你才有病呢!我说,好好的有什么病。我自豪地说,我就是医生我会让自己生病吗?

你的意思是说,是你自己治疗好了自己的病?老头的脸上马上有了一丝喜悦。

我有些生气了,我说,我看你才真的有病。我说过了我好好的,没有病。

那就怪了。老头奇怪地说,你看看吧,我们这里人人都有病,就你一个人好好的。为什么?

人人都有病?我觉得这个老头本身就是个神经病。我职业性地摸了摸他的额头,然后说,我没时间和你在这里浪费精力,我建议你最好去看看精神科。接着我转身准备走。

站住。老头一把拉住我。老头说,你不能走,你误解我的意思了。我只是想知道,为什么你的背是直的。说着老头用手指了指前方,你看看,仔细看看,你与其他人有什么不同?

呵!你还别说,老头的这一指还真让我看出了问题来。我惊奇地发现,这城里的所有人居然都和这个老头一样,背都是弓着的。轻的,背成了一张弓;重的,头就快挨着脚尖了。除了我以外,整个城市里,到处都是时刻准备射箭的弓。我直直地站在街面上,所有人都用羡慕和惊奇的眼光看着我。原来是这样。我立刻明白了老头刚才为什么那么问我了。

这时,老头掏出了一张名片给我。老头说,我是这座城市市医院的院长。在这座城市里,是没有人不会犯这种病的。所以我们一直在寻找能治疗这种弓背的医生。就算我求你了,请你告诉我你的病是谁治好的。

我本想告诉老头我是个乡下人,我本来就没犯这个病。可是我马上想,我自己就是个医生呀,我来城里不就是为了找份工作挣钱吗?于是我马上告诉老头说,我的病,就是我自己治疗好的呀。

真是太好了。老头立刻抱住我,像发疯一样哈哈大笑了几声。老头说,真是太好了,我终于找到能治疗这种病的人了。老头接着高兴地问我,我给你每月十万元的工资,你到我们医院上班好吗?

妈呀。我自己也吓了一大跳,那么高的工资在我们乡下要挣一辈子呢。管他三七二十一,不就是治疗驼背吗,先答应下来再说。于是我点了点头。

老头兴奋得几乎昏厥过去。他打了个电话,然后把我塞进一辆车里,车叫了儿一下奔跑起来。几分钟后,车在一个镶嵌着大"十"字的楼前停了下来。楼前围满了弓着背的人们,而楼上,竟然已经挂好了一个巨型条幅:全市唯一能治疗好弓背的医生到我院为大家治疗。

还没等我下车,老头就给我换上了白大褂。车门一打开,无数张"弓"向我涌过来,大家都喊着,医生,快给我治疗,我很忙,快点。要不是许多保安帮忙,我还差点走不出去。接着,我被众星捧月般地护送进了医院的大楼里。一进楼,老头把我推进早就安排好的办公室里,老头说,快点,抓紧时间给大家治疗,时间就是金钱呀。

我的屁股还没坐稳,就有一个"弓"来到我的面前。我问他,你能说说你的背是怎么样变驼的吗？过程，变化的过程。

那个人说，我只记得小时候背是直的。然后参加工作了，整天在忙碌，我自己也记不清什么时候变成现在这个样子的。医生，你快点给我治疗，我赶时间。他急急忙忙地说。

我让他躺在手术台上。我准备用传统的手术让他的背矫正过来。可是我刚准备动手术的时候，门开了。进来的是院长，也就是领我来那个老头。他看了看我，脸上有些不高兴地说，怎么这么久还没治疗好？抓紧时间，再不抓紧时间，就要扣你工资了！

我说好的好的，马上，马上。老头转身就弓着身子出去了。接着病人开始脱衣服。正在这个节骨眼上，院长又回来了。他看了看说，怎么还没开始呀，不行，我得给你施加压力，你必须每小时治疗好十个人。否则就扣工资！

我想他可能是等得太急了，我理解。我说我尽力，你放心吧。其实，我心里一直没有底，即使做手术能治疗好驼背，那时间也一定不短。为了完成院长规定的任务，我决定马上调整思路，叫十个人同时进来就诊。

十个人同时出现在我面前。我问了问他们犯病的经历，几乎是同一个回答，太忙，记不清楚了。他们说，每天都要加班，每天在每个时间都要完成规定的任务，哪有时间记自己什么时候犯的病。

我叫他们十个人同时躺下，准备马上做手术的时候，院长冲了进来。看得出他很生气，他说，到现在你还没有治疗好一个人，你到底行不行？我告诉你，你这个月的工资已经扣了一半，后面的一半再不努力也将没有的。

啊！我这么快就失去了一半工资。我立刻体会到时间就是金钱这句话。我说好的好的，马上。

于是我赶紧弯下腰，开始同时做手术。但就在这时，所有的病人都从手术台上弹了起来，并拒绝了我的手术。他们用很失望的语气对我说，你哪里是什么医生，我们看根本就是个骗子！

我很奇怪他们的变化，凭什么这么说？再说过了时间完不成任务又要被院长扣工资。可是，我发现，不管我多么用力，我的身子再也直不起来了。

像你这种弓着背的医生，城里到处都有。我看见，一张张弓背立刻在我眼前消失。

额　疾

我已经第三次去这家公司了。

再次走进公司大门的时候,我几乎已经没有任何信心。

本来,我到城里来打工,最直接的目的就是想进这家公司上班。这家公司在全国很有名气,因此在这里上班的人不光收入高,而且更有着一种自豪感。而我之所以坚持要去这家公司,还有一个原因就是这个公司的老总和我是老乡,用我们家乡的话说,他拉出来的屎至今都脱离不了家乡的红苕味。进老乡的公司上班,好处就不用我多说了吧。

但我没想过,这里的门槛竟然那么高。

第一次,我走到公司门口,就被公司的保安给拦住了。我告诉保安,我是老总的老乡,我是来应聘的,我有着较高的学历,我会什么什么技术。但是保安没有给我任何机会,保安说,我们老总说了,凡是第一次来的统统轰出去。我实在是不明白这个老总我的老乡是什么逻辑。但我的第一次应聘的确就被一个保安给拦截了。

当我把原来的那股子傲气打消得一点也不残存之后,我再次来到公司门口,给保安说了好话,还送了两包烟,保安总算放我进入了公司的大门。进门之前,保安叹了口气说,没准,你还得出来。

果不出所料,进了公司以后,人事部的大门把我拦在了门外。人事部的负责人没有问我的学历,也没有听我说我是老总的老乡。他抬起头,匆忙地看了我一眼。就那么一眼，他就下了结论，年轻人，你走吧，不合格。接着他就把门重重地关上。为什么一眼就断定我不行呢？我没有问，因为我根本就没有问的机会。或许，这就是强者的逻辑，说你不行哪怕你再行也就是不行！

有了前两次的教训，对于第三次，我真的没有信心了。但我必须去第三次，我说过我一定要去这家公司。我来城里就是因为它而来的，我觉得自己不能退缩。可是我怎么才能顺利进入呢？这是我一直以来思索的问题。我的学历，我的技术水平，我的个人素质，我觉得这都不是问题。可是问题究竟出在哪里呢？

我是一个性子很急的人。这次出来，家里人对我寄予了很大的希望。如果进不去，我会让很多人失望。眼前我几乎尽力了，但就是进不去呀。我急，我为难，难受。痛苦中，我想不出好的办法，于是只得把自己的头狠狠地往墙上撞。只有一次又一次的疼痛，才能够逐渐缓解我内心深处的痛苦。

在我撞得起劲的时候，我听到我的旁边也有一个人在撞墙，咚咚的声音格外醒耳。我扭过头，看见一个五六十岁的老头，他的额头上已经伤痕累累，同时还在不断流着血。看得出他额头的伤不光有新伤，还有许多旧伤和疤痕。

我赶紧上前去，一把拉住他。我说老伯，您不能和我们年轻人一样呀。

老头冲我苦笑了一下。他说，没有办法呀，我痛苦呀，难受呀，只有这样撞我心里才好受。你看，这些年来，我已经习惯这样了，你别管我。说着，老头又用力撞了几下。接着老头似乎高兴了许多，他拍拍我的肩膀说，谢谢你年轻人，我现在好多了。如果你痛苦了，就继续撞吧，撞了，你就坚强了。说完老头转身就走了。

看着老头的背影，我很莫名其妙，同时觉得很受用。

发泄完毕之后，我就准备我的第三次应聘了。老实说，尽管我发泄了，但是我还是没有找到让他们留用我的办法。我的发泄，带给我的除了额头上累累的伤痕以外什么也没留下。我决定孤注一掷，就算死马当活马医吧，我不进那家公司我绝不罢休。

于是，我现在第三次走进了公司的大门。走到公司门口，保安没有拦我，再到人事部，出乎我意料的是人事部的大门竟然开着。我走进去，人事部的负责人竟然微笑着叫我坐。我觉得事情不应该是这样的，是不是太平静了一点。

在人事部负责人发话之前，我连忙拿出自己的文凭，并开始用熟稔的语言介绍起自己。但他没有让我说完，他只微笑着告诉我一句话，不用说了，你已经被录用了！

我觉得太不可思议了。怎么这次一切都这么顺利？在我吃惊的同时，人事部负责人又说，我带你去见我们老总吧，就是你的老乡。

在偌大的老总办公室里，我只看到了一张背对着我的椅子。椅子那边传过来的声音很亲切，那是来自我家乡的声音，他对我说，小伙子，不错。我们公司需要你这样的人才，欢迎你！

可是，我不明白第三次你们为什么就这样简单地录用我了？我还是把自己的疑问问了出来。

椅子上依旧传过来熟悉的声音。他说，因为你的额头，你没发现你的额头有什么变化吗？

额头？我用手摸了摸。刚刚撞破的额头上正在滴血呢。

你没发现吗？在城市里，没有人的额头是没有伤的。要想在城里立足，不多碰几次壁，多撞几次墙怎么行。我就是这么一路走过来的。

说话间，椅子旋转了过来，我清楚地看见，椅子上坐的是一个额头还在滴血的老头。他那些旧伤口我不熟悉，但是新伤口我再熟悉不过了，因为刚刚，我们还一起在墙上撞过。

面　疾

　　王一川来城里打工的第一天，就捡了个便宜。

　　那时候王一川刚刚下车，走到车站门口王一川发现地上有一张花花绿绿的纸。本来王一川没注意到这张纸，可是他发现车站门口坐着很多人，而这些人的目光都聚集在这张纸上。王一川的目光立刻就被吸引了过去。

　　仔细一看，王一川发现，地上那张纸居然不是纸，而是一张面额50元的钱。王一川顿时来了兴趣，在乡下这50元钱得卖好几百斤玉米呢。王一川的第一个想法就是得到它。

　　王一川看了看周围粘在钱上的那些目光，看得出，那些人也想得到这张钱，可是为什么这么多人看着这张钱却没有人去捡呢？王一川觉得很奇怪，是不是钱的主人就在这些人当中？所以王一川走上前，捡起了那张钱然后问，谁丢的钱？那些看着王一川的目光迅速离开。所有人都摇头，有人说，不就是50元钱吗？不是我丢的。

　　王一川又问，谁丢的钱？但是还是没有人答应。

　　其实这就对了，这正好迎合了王一川的心态。没有人说是自己丢的钱，现在我捡到了这钱不就是我的吗？这样想了，王一川就把钱放进了自己的衣袋里。在众目睽睽之下，王一川就这样白捡了50元。王一川觉得自己真的捡了个大便宜。

　　一脸农民工模样的王一川捡了50元钱准备离开的时候，隐约听见了一句话。说话的人声音不大，说话的内容简单得不能再简单，就三个字：不要脸！但却让王一川的脸立刻烫了起来。

王一川不明白这三个字有什么力量让自己的脸如此烫了起来。王一川着实感到难受。他捂住自己的脸迅速离开了捡钱的地方。

本来以为就这样迅速离开就没有事了。但是很快王一川就发现自己错了。离开之后他脸上越来越烫，不光烫而且还发痒，痒得格外难受。渐渐地，王一川发现自己的脸上凹下去了一块肉，这肉块使得王一川的脸变得很难看，好像他的脸上多了张嘴似的，许多人看到他都远远地回避。

这下麻烦大了。王一川的脸因为少长了这么一块肉后，不光他自己感到奇痒难受，同时还让他一直找不到工作。所有的单位都因为他的脸将他拒之门外。没有办法，王一川只好用布将脸包起来，然后决定找个医生，去治疗一下。

在医院里，医生并没有觉得王一川的病很严重。医生说，这个病很常见，治疗的方法也简单，就是把你丢掉的肉找回来。说白了，就是你的面子给丢了一块，你在什么地方丢的，就在什么地方去找。

王一川很糊涂，他很想问医生怎么个找法。但医生没有给他机会。医生说，对了，你得给我个面子，给50元咨询费吧。王一川想了想，就给了医生50元咨询费。然后王一川径直去了车站。

再次来到车站的时候，王一川就想到了自己刚才捡钱的整个过程。是不是我不该捡那50元钱呢？如果真是这样，我把钱还到地上不就行了。这样想了以后，王一川就拿出了50元钱，然后装着不知道的样子，从刚才捡钱的地方路过的时候，把钱扔在了地上。然后，王一川找了个位置坐了下来。

和刚才一样，许多人都盯着那张钱。王一川也盯着那张钱。那张钱躺在地上，很醒目。但是一个又一个的城里人从它上面路过，却没有人去捡它。甚至没有人为此停一下脚步。王一川脑子里的问号一串一串地冒。娘的，难道在城里这50元钱就不是钱了？

过了一会儿，终于有一个脚步停了下来。王一川看见，一个和自己差不多的乡下人把那50元钱捡了起来。谁丢的钱，是你吗？那个人把钱拿着，一个接一个地问周围的人。大家都摇头，不是我的，也不是我的。很快乡下人就问到王一川的面前了。是你的吗？王一川本来想说是自己的，但他想了想自己的脸和脸上凹下去的肉，马上摇了摇头。同时他还说了句自己听着也意外的话，不就是50元钱吗，算个球呀。那语气，俨然自己就是个大老板。王一川顿时觉得脸上添了不少光彩。

问了一圈之后，那个乡下人最终没有问出是谁丢的钱。于是他准备将钱放进衣袋。这时王一川立刻想到了自己的脸，出于好心王一川对着那个人大声说了一句，不是你的你就别捡了，免得丢脸！

那个人的脸迅速红了。他连忙将钱扔在地上跑开。

钱刚丢在地上，就被一只黑糊糊的手捡了起来。所有人都看见，那是一只乞丐的手。乞丐蓬头垢面，根本就看不清楚脸是什么样子。乞丐拿着钱说，好好的50元钱怎么没有人要呢？哈哈，我的晚餐有着落了！

看着乞丐拿着钱高兴的样子，王一川忽地轻松了许多。这时他摸摸自己的脸，发现那块凹下去的肉不知什么时候已经长好了。

王一川算了算账，自己捡的50元钱还出去了不说，还倒贴了50元医疗费，很不划算。但王一川给自己总结了一个经验。他决定把这个经验告诉给后来到城里打工的其他乡下人：在城里宁愿不要钱但一定要保住自己的面子，否则脸上的肉会凹下去的。

指　疾

医生，能有什么办法吗？小学教师张四海坐在我面前，一脸焦急地问我。

我看着他那根比其他手指长了许多的食指，摇了摇头。我说，这种病药物治渝的可能性很小，说真的，我目前还不能想出治疗办法。

张四海是今天早上一大早就到医院来找我的。他来的时候，一直把右手放在衣袋里，犹豫了好久之后他才拿出来。他说，大夫，你看看我这手……我惊奇地发现，张四海右手食指比其他指头几乎长出了近五厘米，那样子就像一群矮子中出现了一个巨人一样，显得格外地突出和不协调。

我拿着他那根长长的手指反复端详。我问，从什么时候开始变长的？

张四海说，昨天下午就有些发痒。今天早上一起床就变成这个样子了。

在这之前，你的手碰过什么东西没有？

张四海想了想说，哦，对了。昨天下午我在学校上了一堂公开课。当时有许多教育界的专家来听课。听完课后，一个戴眼镜的资深专家单独和我见了面，并对我的课提出了实质性的意见。最后他走的时候，我们俩握了手。在握手的时候，我发现他的一根手指要比其他手指长许多。但我当时没在意，反正他走后不久我的手就发痒，然后就变成这个样子了。

听你这么说，有可能是被传染了呀。我说。

那怎么办？医生，你必须得给我想想治疗的办法呀。张四海着急地说。

我扶了扶鼻梁上的眼镜。我说，目前你是我见过的这样的病的首例。根据你的情况，药物性治疗几乎是没有用的。这样，我们必须想个物理办法制止它继续长长。同时，我马上进行研究，一旦有了治疗办法马上通知你。

张四海叹了口气问，用什么物理办法制止它长长呢？

我想了想说，你最好是不断地用这根手指去戳东西。指端不断受到碰撞，从而压抑骨骼生长。

张四海伸出那根手指，在桌子上点了点。是不是这样？

我点点头。然后我留下了张四海的电话。我说，我随时和你联系。张四海说只能这样了。

张四海走了以后，我查阅了大量的书籍，并多次查看了那根指头的X光片。他这个病真的是空前的。多番探讨之后，我决定，如果要彻底治疗他的病，只有一种办法，就是将中间长长的一段截掉，然后利用断指再植的办法让他的手指恢复原来的样子。

当我联系上张四海的时候，已经是半个月之后的事了。在这个期间，我多次打他的电话，他的电话总是忙。后来好不容易打通了，接电话的人居然不是张四海。我说我是医生，我找张四海。对方才说，你是找张教授吗？我是他秘书，有什么事？他很忙！

张教授？你说的是张四海吗？张四海这么快就当教授了吗？

对方说，是的。您到底有什么事？

我说，叫他到医院里来，他的病我想到办法了。

这天下午，我的医院门口来了一辆黑色的轿车。我看见一个戴眼镜的男人从车上走了下来。他的身边跟着一个提皮包的年轻人。直到他们走近，我也没看出他们是谁。

医生，我是张四海呀！那个戴眼镜的男人说。边说，他还伸出那根格外长的手指。

· 123 ·

张四海。果然是张四海。你什么时候戴上眼镜了？听说你做了教授？

张四海到我的办公室坐下后，挥了挥手，他身后的那个年轻人就退了出去。张四海说，医生，今天我是来感谢你的。

谢我什么？你的病还没治疗呢！我说。

我的手指么？张四海笑着拿出自己的那根长长的食指说，我已经不需要治疗了，就这个样子多好。要不是它，我哪里有今天呢？

什么？我简直不相信自己的耳朵。你怎么不治疗了？难道长那么奇怪的手指很好么？

张四海嘿嘿地笑了笑。接着他告诉我，原来半个月前，他按照我说的物理治疗办法制止手指的继续长长。他不断地用那根指头去戳东西，在不停地戳的同时，他开始觉得这个动作很单调很无聊。渐渐地他开始边戳边找人说话。又渐渐地，因为自己读了些书而且还是教师，所以在边说话的时候他习惯给别人提意见和建议。再渐渐地，他就习惯将自己长长的手指拿出来，对着别人指指点点说事。没想到，这样一来效果还不错，许多人竟然主动请他指点迷津。所以张四海就戴了副眼镜，装着很有学问的样子，现在以教授相称，专门干起这活来了。

张四海说，最近我才发现，凡是那些专家或者教授，他们的食指都特别长，有的比我的还长好多呢。现在许多人把手指的长短看作学问的标志呢，所以我很幸运我的手指也变长了，当然也很感谢你给我说的物理制止法。

什么？我真的不敢相信这是真的。没想到这根手指竟然帮了他。我拉过张四海的手，我说，我已经想到治疗办法了，我还是认为你应该接受治疗。

你这人怎么老不开窍呢？张四海看了看我说，你做医生的，应该这样，这样。边说，张四海扶了扶他鼻子上的眼镜，然后抽出那根长长的手指，在我面前指点起来。

心　疾

我要打倒我的对手李不凡。

在这条街上,原来只有我们一家理发店。那时候,我们店子里的生意还算过得去。可是突然之间,就在我们店子的对面又多出了一家新的理发店。这家理发店店面装修和我们不相上下,要命的是他们在门口拉了一个横幅,在横幅上标明理发的价格比所有理发店一律低五元。

靠,这不是明摆着要和我抢饭碗吗?我很快就了解到,对面那家理发店的老板叫李不凡,一个老谋深算的家伙。

李不凡的店子开业以来,生意一直不错,而我的生意却每况愈下。许多我这里的老顾客都到他那里去了。眼见着日益冷清的生意,我能不急吗?

为了有效地还击李不凡,我也同样在门口拉了个条幅。上面写着:老字号理发,比所有理发店优惠十元。我要和李不凡打的就是价格战。

条幅拉出来以后,我的生意很快又恢复了几天正常。可是好景不长,没过几天我的生意又冷清下来。原来,李不凡又换了个横幅:新店开张,绝对全城最低价格。

狠!他在价格上断了我的后路。看来这也不是个办法。

由于生意渐渐淡下来,我店子里所有的员工都有点灰心丧气。大家都无精打采地坐在店子里,眼见着顾客从自己的门前路过,然后走进李不凡的店子里。我不断地给大家打气：请大家相信我，我一定有办法扳倒李不凡，到时候生意就自然会好起来的。

我习惯性地坐在店子的门口。在这里，可以看清楚对面店子里的一切。李不凡就坐在他的店子里，忙碌地把一张张钞票放进自己的抽屉里。他叼着烟，偶尔还会丢给我一个藐视的眼神。看着他那得意的样子，我真恨不得扁他一顿。可是很快我又观察到，李不凡身体不是很好，老在咳嗽，而且还不断地吃药。就他那样，给他一顿扁说不准会扁出什么事呢。

老实说，我心里没底，到底有什么办法可以真正扳倒李不凡。

这天，不知道是上天照顾我还是顾客们发善心，一贯冷清的店子里突然之间来了好几个顾客。我的脸上有了久违的笑容。我赶紧招呼顾客坐下，倒水。可是就在这时，我心里发慌了。因为生意的冷清，有好几个员工都弃我而去。面对突然来的这么多顾客，我们店里的员工已经远远不够应付。因此，我极力为顾客解释，让他们等一等，等前面的洗完头马上就给他们洗。可是很多顾客还是马上起身，转身就走了。

看着顾客们的背影，我释然。

与此同时，我的脑子里突然一闪，有办法对付李不凡了。天助我也！

随即，我就把全体员工召集到一起。然后我告诉他们，我要放他们一个星期的假，但工资照拿。如果不出意外，一个星期之后，我们的生意就会好起来。员工们半信半疑，说能好起来吗？我说，能。

于是，当天我们就关了门。并在门上贴了张告示，暂停营业一个星期。只是，我并没有离开店子，我坐在店子的窗子后面，准备看好戏。

很快，我就看到我的老顾客们一个一个走向了李不凡的店子里。李不凡的店子里生意几乎在一瞬间达到了前所未有的好。李不凡那张老脸都笑开了花。但顾客们并没有全部停留。和我想的一样，由于李不凡店子里的员工应付不过来，许多顾客都转身走了。

李不凡赶紧捧着笑脸去挽留他们。由于距离远，我听不清楚他在和顾客们说些什么。但遗憾的是李不凡并没有留住他们。在顾客们走了之后，我看到李不凡在不断地摇头，然后用手砸自己的脑袋。

看到这一幕，我觉得我可以放心回家等消息了。

果然，一个星期后，当我打开门的时候，我和我店里的员工都清楚地看见，李不凡的店子居然关门了。一打听，才知道李不凡竟然死了。

对李不凡的死有人描述得绘声绘色：李不凡是心肌梗塞死的。他当时正在挽留一个顾客，顾客没有留下来。在顾客走了之后他就倒下了。你说，他的店子里生意那么好了，他图的什么呀？

我望着李不凡的店子，脑子想象着先前他叼着烟藐视我的眼神，我长长地舒了口气。可是马上我的眼睛又潮湿了。我只知道你身体不好，可能会因此病倒，可没想到你会为此而丢命呀！

第二天，我的店子门口又贴了一张告示：门市转让！

脑　疾

一加一究竟等于几？这个自称是医生的人指着那道简单的算术题再一次逼问我。

我犹豫了，三？二？或者一？似乎这都有可能，但又好像都不可能。

不用再想了，你看，你连这么简单的问题都答不上来。我可以十二分地肯定，你的脑子的确有问题。医生的口气不容置疑。

我当然不承认我的脑子有问题，脑子有问题谁都知道那不叫神经病就叫傻子。可我会是神经病吗？我觉得自己的思维很清晰。所以我说，你胡扯，你脑子才有问题。

医生笑了笑。医生继续说，我也不想这样，但事实是你的智商现在几乎为零。如果不相信，我们可以再做个实验。医生说着，把一台电脑放到了我的面前。

你知道这是什么吗？医生说。

靠，我怎么不知道那是什么？那是电脑，我的办公室里、家里都有这破玩意儿呢。我说。

医生瞟了我一眼说，知道就好。人们都说电脑没人聪明，因为电脑是人制造的，我其实一直不这么认为。并不是每个人都会制造电脑，有的人的智商远远不及电脑，比如你。

你那么小看我？我很不服气。

那好吧，医生说。接着医生拿出一支笔，写了一个很长的外语单词。医生说，你现在和电脑同时记忆，十分钟后你把它写出来，要正确无误。

这有什么难的。我知道自己的记忆力不错。于是我认真拼写了几遍那个单词。可是单词很长，确实不怎么好记。

十分钟后，我拿着笔在医生面前拼写了很久，可是连我自己也不知道到底拼写成什么样子了。这时医生摇头笑了。看看电脑的吧，医生说着，打开电脑，然后点击了一下鼠标，那个规范整齐的单词就出来了。

你现在知道了吧，医生说。

我摇摇头，我说这不公平。这并不代表我的智商低呀。何况我会使用电脑。

医生有些激动了，你要怎么样才能明白呢？你现在的智商就是低。就是因为使用电脑你的智商才低的。现在如果没有电脑，你试试看，你能上班吗，能上网聊天吗，能发邮件吗，能打印文章吗，能绘制各种图案吗，会处理各种复杂的数据吗？可是过去，没有电脑的时候你们是怎么过来的？

医生的话让我愣住了。我真不敢想象没有电脑我们的生活会是什么样子的。我说，你和我说了这么久，就是为了告诉我我很弱智吗？

不，我是要告诉你怎么才能不弱智。医生说。

哦？说说看。

医生指着电脑对我说，刚才的实验已经告诉你了，为什么你生活中时刻离不开电脑。因为你没电脑聪明。其实，换个角度想，如果把人脑换成电脑，你不就不弱智了吗？

我有点糊涂。我说你的意思是……

医生说，如果你考虑清楚了，可以做一个手术，就是把你的人脑换成智能电脑。那样的话，你要做什么事情就方便了。而且你肯定超常的聪明。

我有些心动了。反正我的生活里时刻都在用电脑，自己的人脑一直空着没用。我说也许你说得有道理，可是手术怎么做？

马上就可以做，而且免费。医生说着拿出了一块集成芯片。医生说，把你的脑子取出来，再把这个芯片装进你脑子就行了。

这么简单？

是的。医生一脸严肃地说。

十分钟后，我被医生推进了手术室。二十分钟后，我从手术室里走了出来。奇怪的是，我感觉自己的脑袋里空荡荡的。

这时医生走了出来。他的手里端了一个盘子。我看清楚了，里面是一团人的脑浆。他小心翼翼地端着，生怕一不小心丢了一样。

我说，医生你把人脑端到什么地方去？那是不是我的脑子？

医生突然哈哈大笑起来。没错，这就是你的脑子。我要把它带回去，再找个伙伴把它装进我的脑子里。真是功夫不负有心人，我终于找到了我梦寐以求的人脑了。说完，医生突然消失在我眼前。

好半天，我才明白过来。最终，我得承认我是个傻子，因为和一个机器人浪费了那么多口舌，而且还成功地上了他的当。

牙　疾

当了这么些年牙医，头一次让这样一个病人的病给难住了。

坐在我面前的这个病人，面熟。他报了名字，叫张三，名字也蛮耳熟。张三在我面前张着嘴，然后龇着牙对我说，看看，这是怎么了？只要把我的牙病给治疗好了，多少钱都成。

我用手扇了扇他满嘴的口臭，仔细打量起他的牙齿来。这一看，倒真把我难住了。他那一口牙齿，竟然一颗接一颗的比正常人的牙齿长。尤其是两颗门牙，简直就像老鼠的牙齿一样长得有些夸张的味道。由于上下的牙齿都长长了，他的嘴就像被什么东西撑起来了一样，两片嘴唇分别向上下翻翘着，显得格外的恐怖和难看。说实话，我以前只见过牙痛或者补牙什么的，像这种牙齿格外长的，真没见过，更不知道怎么治疗。

我用小锤子敲了敲张三的牙齿，试探性地问道，你的牙齿是怎么长长的？张三腆了一下孕妇般的肚子，然后打了一个格外令人恶心的酒嗝之后说，我也纳闷呢，我和平常一样吃东西，不知不觉地就长成了这个样子。你说，我都几十岁的人了，牙齿干吗还要长呀？

张三接着又从衣袋里拿出了一张照片，张三说，你看，我原来的牙齿多好看，你就把我治疗到原来的样子就可以了。

我接过照片的时候，我的手机响了。该死的电话是我老婆打来的。只要我老婆一打电话来，就没有好事。果然，老婆在电话那头问我家里那张银行卡的密码是多少。老婆说，单位里出了点事，赶着用钱。我咬了咬牙，把自己这些年来靠治疗牙齿挣来的钱的密码告诉了老婆。老婆说，晚上回来再告诉你什么事。

挂了电话，我心情就不怎么好了。但我还是看了看张三的照片。照片上的张三和眼前的张三很不一样。照片上，张三的牙齿整齐而且洁白，根本不像眼前这么难看。除此以外，照片上的张三比眼前的要瘦了许多。

我把照片扔给张三。我说，这病我没见过，能不能治疗我没有把握。要不这样，我先回去研究研究，明天你再来？

张三看了看手表。张三说行，刚好，我马上有事，和别人约好了时间的。那就明天，明天我早点来。张三说完，他的电话就响了。他翘着嘴皮一翻一翻地说着什么，然后就钻进自己的车里消失了。

我赶紧回到自己家中。我想知道，我老婆拿我的钱到底做什么去了。我老婆本来是一个事业型的女人，这几年以来和别人合伙开了个小公司，把我们家的日子给红火了一把。可是她每天进进出出，以前从不动我的钱的。今天这么急，到底是什么事？

在家里待了大半宿，老婆才拖着一身酒气回来。她并没有醉，见到我以后，马上坐到了我身边。倒霉呀，倒霉！老婆说。

什么事？

老婆靠在我身上，有气没力地说，你说，就那么点事怎么让记者给知道的？那个记者说，要给我们曝光。可是曝光了，我们公司就完蛋了。所以呀，我们就想办法去搪塞。谁知道，那个记者开口就是两万元。公司眼下资金压着，所以就先借你的钱了。

现在记者的嘴给堵住了吗？

行了，钱他收了，饭也请他吃了。他打了保票，绝对不说出去。老婆说。

够狠！

第二天，我走到办公室的时候，发现张三已经等在门口了。他张着那张难看的嘴对我说，我等了你很久了。你想到治疗办法没有？

我看了看张三，其实昨天晚上我一直没睡安稳，哪里想什么治疗他的牙齿呢。我说，你坐下我再给你看看。要治疗好你的牙齿，得知道它为什么要长。

张三赶紧坐下来。他张开嘴，一股恶心的口臭和酒味差点让我呕吐。我故作轻松地用手扇了扇，问，你昨天晚上吃的什么？

咳！有人请客，吃的山珍海味。请客的人有个事让我逮着了，求我保密。

哦？我愣了一下。你做什么工作的？

记者呀。你不知道我？我就是有名的记者张三呀。张三说。

我抬起头看了他很久。看到他感到吃惊的时候，我才说话。我说，我有办法治疗你的病了。但是，价格很高，少了两万，不谈。

张三咬了咬牙。两万就两万。说着他掏出一叠钱来，对我说，看好了，这里正好两万。

我接过钱以后，到屋里拿了一把小电锯出来。打开开关以后，呜呜的声音吓得张三哆嗦。你，你干什么？有你这么治病的吗？

我笑着说，你知道你的牙齿为什么会长长吗？因为你长时间在酒楼里吃软的东西，这样牙齿自然就会长长。

可是，你用电锯怎么治疗？张三说。

锯，先锯整齐，然后让你多吃硬的东西就行了。说着，我把电锯往前一靠，就传来张三杀猪般的嚎叫声。

冠　疾

最先发现那顶帽子的，是一个老头儿。

这个老头刚刚退休，闲在家中没事做，就独自一个人到湖边散步。那天的天气很好，春天的阳光挠得人皮肤痒痒，几根柳树上飘动着绿色的柳条。老头看着柳条，忽然觉得柳树上有点异样。仔细一看，上面居然挂着一顶帽子。

那是一顶非常漂亮的帽子。这么说吧，它的漂亮程度和做工，绝不亚于一顶皇冠。它的四周镶嵌着金边，此刻正闪耀着光芒。而让老头吃惊的是，帽子上竟然有"主席"两个大字。那两个字太醒目了。老头小心地将帽子摘下来，然后他往四下里瞧了瞧，发现没有其他的人。于是老头摸了摸自己秃顶的头，索性将帽子戴了上去。

或许是那顶帽子太漂亮，也或许是那两个字太醒目，老头此刻戴着帽子，顿时觉得神清气爽。他大大地踏着步子，他听见自己的脚步声把地皮震得很响。更让老头想不到的是，他戴着这顶帽子，过路的人都用尊敬的目光看他，都远远地给他让路。老头路过宠物市场的时候，看到了一条自己一直想买的哈巴狗。但是价格太贵，他一直没买。今天他再来看的时候，卖狗的看了看他的帽子，赶紧把那条狗牵出来送到他手上。狗贩子说，你喜欢的话，只管来选就是，不要钱。而他戴着帽子去坐公交车的时候，售票员也不收他的钱。

老头觉得，这顶帽子太神奇了。一回到家里，就连以前总爱骂老头的老太婆也变得格外慈祥。老头叫她做什么她就做什么，不但不骂还面带微笑。

老头这顶神奇的帽子，一转眼间就被许多人知道了。这些人一边羡慕老头，一边谋划着如何才能得到老头的那顶帽子。

老头有个儿子。儿子读书的时候不努力，现在都已经三十多岁了，还没娶到老婆，老头依靠关系，让他做了一个三班倒的工人。儿子下班回来后就发现了父亲头上的帽子。儿子就一再要求父亲把帽子给自己戴。你都那么大的年龄了，还戴这种帽子做什么？

老头认真想了想，儿子说得也对。于是就把帽子戴在了儿子的头上。和我们想象的一样，儿子得到这顶帽子以后，似乎人也变得聪明和能干起来，很顺利地，他娶到了一个如花似玉的老婆，而且还当上了他上班的那个工厂的一把手。

这顶帽子真是太神气了。越来越多的人想得到这顶帽子。为此，他们想出了各种各样的办法。比如，一个有钱的商人，花了很大的精力，终于说服老头的儿子，然后以可观的金钱买走了这顶帽子。然后，商人又按照更高的价格，按时间计算租给那些想得到帽子的人戴。当然，也有些贫穷的聪明人，在买不到租不起的前提下，他们想到了做假。他们依着那顶帽子的样子，做了一顶几乎一模一样的帽子，在帽子上也写上醒目的字。但字的内容不仅仅是主席，有什么长，还有什么主任。尽管这些帽子不及最初那顶帽子那样好看，那样让人尊敬。但是，戴这些帽子的人，同样能感受到别人的尊敬，同样能享受戴帽子的荣耀。

总而言之，后来老头所在的这个城里的每个人，都想尽各种办法给自己戴上一顶帽子。这些帽子或大或小，但都给戴他们的人一种荣耀和骄傲，至于自己头上的帽子到底像不像老头那顶帽子，似乎已经变得不重要。现在你走在这座城市里，到处都是戴帽子的人，就连几岁的小孩子，头上也戴着一顶写着班长或者组长的帽子呢。

但这座城市里的人谁也没想到，天上竟然会起风。风来得很突然，天阴沉了一下，说来就来了，刮得人难受。说来也怪，这风好像专门针对帽子来的，大风之后，人们惊奇地发现所有人头上的帽子都不见了。那些帽子，跟随着那阵风一起消失了。

有人哭，有人发牢骚，甚至有人自杀。自从没有帽子之后，这座城市里的人都像疯了一样，一个个神魂颠倒。我们要帽子，要帽子。人们喊着。是的，他们需要帽子，现在这些人没有帽子个个都是病人，他们需要用帽子进行治疗。

一个聪明的医生对这个城市里所有病人的病进行认真分析以后，想出了一个美妙绝伦的办法。医生说，原来你们每个人的帽子都戴在自己的头上是不是？现在帽子被刮走了其实是件好事，我们可以想个办法让帽子再戴在我们头上。说着，医生拿出一张纸，然后写上自己的名字。医生说，你们把自己的名字写在纸上，代表你们自己。然后把你们原来帽子上的字写在名字上，不就是给自己把帽子戴回来了吗？

医生的这招果然奏效。实施之后，城市里的人们又恢复了往日的精神。他们头顶没有了有形的帽子，但走路的时候脚步依旧很响，依旧得到许多人的尊敬。现在你见到他们，他们都会从怀里掏出一张做工精细的纸片，对着上面的字说，咦，这是我的名片！

出售刀疤

我的同学杨东魏在一个莫名其妙的下午给我打来一个电话。杨东魏说,我现在住在丹桂医院二楼,要不,你过来看看我?

在我们的同学中,杨东魏一直是个不起眼的人物。读书那阵子,他身上穿得特别寒碜,哪怕是冬天也经常衣不蔽体。加上这小子一直喜欢油腔滑调,很不讨人喜欢,所以在学校经常受欺负。他的身上经常被人打得青一块紫一块,同学们都劝他做人谨慎点,免得惹麻烦。但他依旧是个牛脾气,还招惹社会上的一些不三不四的人。毕业之后我们很少联系,看来这回住院,估计又是惹祸了。

我带着礼物,更带着一种复杂的心情往医院走去。老实说,现在我自己做事情也不大顺,马上单位准备裁员,据说领导早把我这个沉默得只知道用文字说话的家伙放在了裁员之列,我该怎么做为好?

到了丹桂医院,转过几道弯就上了二楼。一上二楼,我看到人头攒动,好家伙,今天看病的人怎么这么多?仔细一看,在过道里走的人都有一个特色,竟然个个腰圆臂粗,不像是来看病人的,倒像是来打架的。我小心地跟在他们后面,我不是来打架的,我开始寻找我的同学杨东魏。

刚走了几步,就出来几个满脸刀疤的家伙横在我的面前。这几个人脸上的刀疤,像一条条醒目的蜈蚣一样贴在他们的脸上,那些蜈蚣让人觉得恐怖和不可接近。你找谁?其中一个人问我。

杨东魏，请问这里有没有一个叫杨东魏的病人？我小心地问那几个人。

你找杨教授，你是他同学吧，跟我们来。说着，那几个人一转身就走在了我前面。我的脑子里立刻冒出了许多问号。杨教授，杨东魏居然是教授，这怎么可能呢？他小学毕业以后找没找到工作都是未知数，他怎么可能是教授呢？

事实上，没容我过多猜疑，跟着那几个人走了几步以后，我看到了穿着白大褂戴着眼镜的杨东魏，此刻他正拿着手术刀往别人身上划呢。

杨教授，你的同学到了。刚才带路的一个人说。这时杨东魏抬起头，冲我微笑了起来。看着我手里的礼物和一脸的惊讶，杨东魏说，怎么，把我当病人了？我来这里做生意，叫你来捧个场。

我顿时被更多的问号包围了。

杨东魏把我领进了另一间房间，然后开始慢慢解开我的惊讶。杨东魏说，他把医院的二楼承包下来了，他要做的，就是出售刀疤。

我差点没把肚子笑爆。怎么，出售刀疤？谁买，谁会花钱购买一道刀疤？

就有人买！杨东魏却没有笑。你没见走廊上那么多人，他们都是来买刀疤的。他们的脑子里是不是进水了？或者钱多得没地方花？

杨东魏说，你刚才进来的时候，第一眼看到领你进来的那几个人的时候，有什么感觉？老实说，你有没有害怕的感觉？

我点头，是有些害怕。一看就是不好惹的主！

那就对了。杨东魏说，人家要买的就是这个效果。这是我多年来的经验。说着杨东魏拉下自己的膀子，上面满是蜈蚣一样的刀疤。杨东魏说，以前，我老是被人欺负，可是自从有了它们以后，别人看到我就害怕。本来最初我被人砍了很不好意思，觉得丢面子。后来一不小心露了出来，却让那些原来欺负我的人再也不敢靠近我了。我自己也不觉得刀疤有什么力量和光荣，但是它就是能起到这个效果。所以，我干脆就做起这个生意来了。你看，今天开业，生意不错吧？

可是，你怎么出售呢？我问。

杨东魏笑了笑说，为什么人家叫我教授，是因为我进行了深刻的研究。出售刀疤其实很简单，经过我的研究以后，只需要在你指定的位置将皮肤割一条口子，然后涂点药水，几分钟后皮肤上就会自动长出一条很醒目的刀疤。如果你不需要了，再到我这里买点药水，一涂上去就没有痕迹了。

那价格呢？

价格根据刀疤的长短。一般一条刀疤在两千元左右。杨东魏的脸上划过一丝神秘的微笑。今天我已经卖出去好几百条了。

这么贵！太不可思议了。可是我还是想不出来这些人为什么要买一道无聊而且丑陋的刀疤。

杨东魏说，目前，有很大一批人通过购买我的刀疤，不但受到别人的尊敬，而且还找到了自己的工作呢。

说到工作，我顿时忧心忡忡。杨东魏看出了我的心思，经他一问，我就把自己面临裁员的事情给他说了。杨东魏说，哈，你的事情用我的刀疤就可以解决。说着，杨东魏一招手，马上就过来几个满脸刀疤的人，杨东魏一阵耳语，那几个人点了点头对我说，小事情，你是杨教授的同学，就不收钱了。接着他们就走了。

在杨东魏那里唠叨了好一阵之后，我才决定回家。临走杨东魏对我说，如果有兴趣，可以和他一起干。我没做答复，我一边在路上走着，一边在不停地思考问题。这到底是怎么了？

不知不觉进了自己的家门口，单位领导却坐在我家里。领导笑着说，终于回来了，我是来告诉你，我准备让你当办公室主任，你看愿意不愿意？领导又说，你那几个带刀疤的朋友……

我看了看领导，恍然大悟。我拍拍头认真想了一下，说，我也正找您呢。我要求马上辞职，就现在。

我没有顾领导不理解的目光，走出门去，给杨东魏打了个电话。我说，我决定出来做生意，但不和你一起干，我想弄一批《劳教释放证》来出售。

讨 债

刘风是我师范时的同学。毕业后，我们俩关系一直保持得很好。现在刘风在一所乡村中学当校长，那所学校我去过，条件不好，环境还比较艰苦。

刘风每次上城来，都会给我带来一些土特产，然后喜欢和我小酌两杯。偶尔他们学校经济紧张，他也会十分大方地找我开口借钱。但不出一个星期，刘风必然会把借的钱如数还来。

就在两个星期前，刘风找我借了四万元。两个星期过去了，一直没见刘风来还。我的公司资金流动大，但碍于我和刘风的关系，我也不怎么好主动找刘风要。或许他真的很紧张。

这天早上，我还躺在床上的时候我的电话响了。号码是个十分陌生的号码。

接听，声音也是个十分陌生的声音。不等我开口说话，对方就冷冷地说，你好，刘风是不是欠你四万元钱？

我说，是的，怎么了？

对方说，那你还不赶紧要去？据可靠消息，刘风马上要辞职了，他以学校的名义借了许多钱，准备逃走。

我笑了笑说，你开什么玩笑？

对方说，信不信是你的事。反正今天好几个债主都去讨债了。你自己想想，他们学校刚刚接受了一笔希望工程的捐款，他还找你借钱做什么？话毕，不容我反应，对方就挂了电话。

听着电话里的嘟嘟声，我愣了。先不管谁打的电话，他说的是真的吗？刘风他们学校接受捐款的事我是知道的，电视里还报道过。尽管我相信刘风的为人，但四万元毕竟不是个小数目。于是我决定去刘风他们学校看看。

汽车在乡村小路上颠簸了一个多小时之后，终于看到了那所破旧的学校了。操场上，停着好几辆小轿车。那些车与学校形成了鲜明的对比。一看就知道，早上打电话的人没说谎，果然有人来了。

我下了车，远远地就听见刘风在说，我没有呀，真的没有。我走到刘风的办公室门口，看见屋里坐着好几个人，那些人个个姿态悠闲，叼着烟翘着腿，还真是个讨债的样。我心里莫名地有些气愤，难道刘风真的是那种人？

我在门口咳嗽了一声。刘风看见了我，但我没想到刘风并没有热情地欢迎我。刘风说，你来做什么，不就是欠你四万块钱么？还怕我跑了不成？

你说什么话！我满腔的怒火立刻就冒了出来。难道我不该来吗？你欠我钱还有理了？

刘风说，就有理怎么样？我没有钱还，你打算怎么做，把学校拆了？那你拆呀？我从来没见刘风发那么大脾气，他激动得满脸通红，好像比我还气愤。你不是有希望工程的捐款吗？怎么不还给我？我顿了顿，说。

那点款，早还人家了。有的话我还不还你吗？没想到你怕我跑了一样，亲自来要。

刘风，你怎么是这种人？嗯？我有点失望了，对刘风这个人的看法也不由得改变。

我们的争吵引起了旁边几个人的高度注意。他们赶紧过来拉劝。他们说算了算了，不要伤了和气。

就他这穷样，能不伤和气吗？我愤愤地说。

刘风看了我一眼,然后用乞求的语气对我说,老同学,看在我们老同学的分上,你就不能多宽限几天?我过几天上城去找你专门理会好不好?

看着刘风的样子,我气也消了许多。再加上另外有几个债主也在这里,刘风的日子也不好受。于是我说,我先回去,你过几天不给我把钱送来,我不会放过你。话毕,我把自己摔上车,一踩油门奔了起来。

接下来的一个晚上,我一直没睡好。想起和刘风多年的交往,我心里愧疚起来。我决定第二天给刘风打个电话道歉。

第二天一大早,我们家的门铃就响起来了。我打开门,站在门口的正是刘风。刘风望着我,笑着说我可以进来吗?

我马上热情地说,我正准备给你打电话呢,快进来快进来。

刘风进屋,随手带了一个口袋。这是一点土特产,专门给你带的。刘风说。我给他倒了杯水,说,我昨晚一晚都没睡好。对不起呀,都怪我昨天早上相信了一个陌生电话,说你……唉,这不错怪你了。

刘风听罢哈哈大笑起来,笑得前俯后仰,泪水都差点笑出来了。我慌了,我说刘风怎么了?

刘风停住笑说,该说对不起的是我呀。其实那个陌生电话是我找人打的。

什么?我大吃一惊。怎么会是你打的?

刘风没有回答我,而是从衣袋拿出一叠钱来。刘风说,这是你的四万元钱。拖这么久了,不好意思。其实这钱我早就准备好还你了。我今天来一是还钱,二是谢谢你昨天帮了我的大忙呀。

我看着刘风,糊涂起来。我昨天那样对你还帮了你,这到底是怎么回事呀?

刘风站起来说,你看见昨天在我办公室里的另外几个人了吗?他们是教委某主任的亲戚,他们在搞一个什么活动,听说我们学校收了一笔希望工程的款子,要我们赞助。我是推也不是,不推也不是呀。所以我找人给你打电话,让你来逼我的债。

原来如此呀,我恍然大悟。我说,那我就更错怪你了。

刘风说，不，我真的得谢谢你，我代表我们学校全体师生谢谢你。保住了那笔钱，我们的新学校就可以动工了。

刘风叹了口气。我发现他眼里隐约有泪水。

不要在街上奔跑

你敢不敢在街上奔跑？

站在张大南面前的这个小伙子把眼睛上的墨镜用力往上一推，然后露出一双忽闪忽闪的大眼睛盯着张大南问。这是张大南到城里找工作的第七天，正当张大南走投无路的时候，就遇到了眼前的这个年轻的小伙子。

张大南说，跑有什么不敢的？可是我现在要忙着找工作。

小伙子并没有退却的意思。我们打个赌，只要你敢在街上奔跑，我就给你二百元钱。

张大南的思维立刻闪烁了一下，只要给钱，这个赌我还是敢打的。张大南说，不就是跑么，你说，这个赌要怎么打？

小伙子显得很稳重。他不慌不忙地看了看街上来来往往的人群，然后对张大南说，这样，我们就以我们站的位置为起点，只要你在街上以飞快的速度跑过两条街，然后再顺利地回到这个位置，有个条件是不管路上遇到什么事情都不准停，你就算赢了。但是如果你输了，你得给我一百元。

就这么简单？张大南想，这不等于送钱给我吗？在乡下的时候，他可是农民运动会的短跑冠军呢。张大南看了看小伙子说，行，不过我凭什么信任你呢？万一我跑回来你不在这里怎么办，那我岂不是白跑了一趟？

小伙子笑了笑说，我知道你会这么想。小伙子说着就把自己手里的包递给张大南。这是我的包，里面有我的重要物品，你拿着，如果你能跑回来，到时候你把包给我，我就给你钱。小伙子又说，现在你就可以跑了。

张大南将信将疑地看了小伙子一眼，然后接过包就奔跑起来。

此时街上的人很多，每个人都迈着匆忙的脚步。张大南开动自己矫健的步子，像一支箭一样疯狂地奔跑起来。边跑，张大南就发现，尽管街上的行人走路的步子很快，但与自己的奔跑比起来就慢了许多。从张大南起跑的那一刻，就有许多人用奇怪的目光盯着他，然后这些目光迅速地被他一步一步地扔在了身后。

但张大南没管那么多，不就是两条街吗？憋一口气就到了。张大南觉得前面那二百元钱正在向自己招手。也就在张大南努力奔跑的同时，他听到了身后传来一声大喊，站住！

张大南扭头一看，只见一个大个子正向自己奔跑过来，他的脸上，一副气势汹汹的样子。张大南本来想停下来，可是刚才的小伙子说了，遇到任何事情都不能停，万一这是他的同伙搞的什么阴谋怎么办？看到大个子的到来，张大南不但没停，反而加快了脚步猛跑起来。

站住，站住！大个子在后面边跑边喊。张大南跟没听见一样，两条街，很快就到了，张大南想。

站住，跑什么跑，快站住！张大南听见喊声越来越大，他悄悄回头一看，顿时惊呆了：除了大个子以外，又多了好几个人追自己。难道那个小伙子的同党这么多？看来我不快点跑非得输了这次赌不可。所以张大南脚下生风，跑得更快了。

抓住他，抓住他，快站住！此时张大南的身后跟了一大群人，踢踏的脚步声响成一片。这其中，有年轻人，有老人，甚至有警察。有的人手上还拿了家伙，大家都气愤地喊，站住，你快给我站住！也有人喊，前面的，拦住他。这样喊了以后，张大南身前开始出现一些人阻拦他的奔跑。

眼看两条街就要到了，怎么这么多人追自己？看来这二百元赌金弄不好没有了？张大南一边努力奔跑，还一边左避右让那些阻拦他的人。他搞不懂为什么这些人要追自己，但看他们的样子，还有他们手中的家伙，张大南意识到问题不再简单。

在一个转弯的地方，张大南被一只突然伸出来的脚绊倒了。他重重地摔倒在地上，还没等他准备爬起来，紧随而来的人群立刻淹没了他，他被几个身强力壮的男人摁在了地上。

干什么？你们干什么这样对我？张大南努力地挣扎着。

干什么？你还好意思问？一个男人掴了张大南一个莫名其妙的耳光，然后厉声问道，你为什么要奔跑？

是呀，你为什么要跑？

张大南本来想说打赌的事，但他觉得说了也没有人相信有人和他打这样的赌。张大南说，这街上就不准人奔跑了？

你看看谁在街上奔跑？没事你跑什么跑？叫你你为什么不停，还有，你手上这个包……接踵而至的问题问得张大南几乎回不过气了。

有人说，够了，直接把他送公安局去。

什么？在街上跑了一圈还要送公安局，什么法律规定街上不能跑了？张大南觉得太不可思议了。

就在这时，一个妇女拨开人群，泪眼婆娑地往前面挤，边挤边说，谢谢大家，是不是抓到了？刚才我的包被人抢了，谢谢各位好心人。

我就说呢，平白无故你在街上跑什么？肯定是你抢了人家东西。最初那个大个子说，大嫂，我第一个发现，现在被我们抓住了。

那妇女冲上前，看了看张大南，又看了看他手中的包，马上又哭了，不是这个，抢我包的人不是这个。

小子，你抢的谁的？又有人往张大南胸膛上擂了一拳。张大南说，我没抢谁的包，我只是在街上奔跑了一圈而已呀。

大嫂，被抢的是不是这个包？这时，人群里钻出一个警察。警察把一个包递给刚才的妇女。妇女一看，连连点头，说就是这个包，就是这个呀。

警察用手铐铐着一个人，他把这个人拉上前说，这个人才是抢包的人，他是个惯犯，人挺鬼聪明的，刚才他抢了包以后并没有及时跑，而是跟在大家身后一起假装追前面跑的人。要不是我能认出他，他可能就溜了。

　　张大南松了口气，张大南说，现在搞清楚了，你们可以放开我了吧？

　　不行，警察严肃地说，你也得跟我一道回公安局，说清楚你为什么要在街上奔跑。说着警察就把张大南一把拉了过来，准备带上警车，这时张大南才看清楚，被警察用手铐铐着的抢劫犯，正是刚才和自己打赌的小伙子。

我把王小洋弄丢了

有一天下午，我突然想起了王小洋这个人。

在一段时间里，王小洋对我来说是个很重要的人物。我不知道王小洋住在什么地方，也不知道他是做什么工作的。我认识他是在一个酒吧里，我被几个小混混包围着的时候，他站了出来。他站出来后，那几个小混混就不敢再站出来了。后来他就留给我一个电话号码说，兄弟，有事叫我就是，我叫王小洋。后来的后来，我请王小洋吃了顿饭，他又请我吃了顿饭，一来二去，我们几乎天天要打电话，天天要见面，他就成了我两肋插刀的哥们儿。在与王小洋的交往中，他还把他的朋友，如张大洋、李二洋、赵三洋等都介绍给我，也成了我的哥们儿。

前一段时间，由于忙工作，我一直没和王小洋联系了。奇怪的是他也没有和我联系。所以就有很长一段时间没见面，我不知道他在做什么，他也不知道我在做什么。现在，我突然想起了他，我觉得必须要和他联系一下了。

我拿出电话，但马上我就发现了一个可怕的事实。我的电话簿里居然没有存他的电话号码。我想起来了，最初我们认识后，由于天天联系，我把他的电话号码烂记于心了，所以就没存。可是现在我却一点也记不起他的号码。

没有了他的电话，我要怎么才能联系到王小洋呢？

我想了又想，我决定找王小洋的朋友张大洋问王小洋的电话号码。幸好我的电话里有张大洋的号码。拨打张大洋的电话他却停机了。于是我又拨了李二洋的电话，但是李二洋的号码不知道怎么变成了空号。最后，我终于拨通了赵三洋的电话。

我说，赵三洋，你快把王小洋的电话号码给我说一下，我联系不上他了。

赵三洋说，什么，你联系不上他了吗？我这里没有他的号码呀，我刚换了手机，以前的号码一个也没有了。

那怎么办，王小洋是一个很重要的哥们儿，我们不能和他失去联系呀。你看，能不能想别的办法找到他？我说。

我也没有办法呀。赵三洋说，你问了张大洋李二洋他们没有？他们也许知道。

我说问了，一个停机一个成了空号。

你知道他的单位吗？问问他们单位不就知道了？赵三洋说。

对呀，这是个不错的主意。但是马上就被我否决了。我和王小洋认识那么久，从来没有问过他在什么地方上班，做什么工作，我怎么知道他的单位呢？

你知道他的家庭住址吗？可以直接去找他呀，赵三洋再次提醒我。

不知道，连他是住在县城还是乡下都不知道。

你知道她老婆的名字或者单位吗？

不知道。

你知道他的QQ号码或者电子邮箱吗？

不知道，从来没见他上过网。

你知道张大洋、李二洋等人的家庭住址、工作单位、老婆名字、QQ号码吗？

不知道，和王小洋一样，我一概不知道。

赵三洋说，这些资料我也不知道。所以我帮不了你了。说完，赵三洋就挂了电话。

我听着电话里的嘟嘟声，心里立刻感到了难受。王小洋和我曾经是那么近的哥们儿呀，他帮过我，我们还经常在一起吃饭、喝酒、聊天。我甚至现在还很清楚地记得他的模样、动作和笑声，似乎他就在我眼前，但又远在天边。我发现，先前除了电话号码外，我对他的其他情况一点也不知道。电话是我们俩友谊的唯一桥梁，现在这桥断了，怎么办？

接下来的日子，我去了我们以前经常去的那家酒吧，酒吧老板说有很长时间没有看见他了。我给老板留了个电话，看到王小洋后叫他给我打电话。我拨打114查询过，也把我以前的通话记录调出来过，但我就是没有找到王小洋的电话号码。我只好把我的电话24小时开着，焦急地等着，或许王小洋要给我打个电话过来呢？但是，我一直没有等到王小洋打来的电话。

最后，我想到了登寻人启事。但是，我没有王小洋的照片，我不知道他的年龄、身高和体重。报纸上只登出了一句话：王小洋，男，青年，你的朋友刘四洋请你与他速联系。寻人启事登出后，王小洋依旧没和我联系。

我终于着急了，为什么他就不打个电话过来呢，这么久了他也不联系我，是不是他出什么事了？一个活生生的哥们儿，怎么突然之间好像就从我身边消失得无影无踪了呢，我找不到他，其他人也找不到他？我越想越可怕，简直太可怕了。

不得已，我想到了报警。一个人从我的生活里消失了能不报警吗？我一口气跑进警察局，我对警察说，我的朋友王小洋不见了。警察马上一脸严肃，认真地向我询问起这起"离奇失踪案"的详细情况。但是最后，他很失望地说了一句话：你不就是丢了他的电话号码吗，怎么说成是他被弄丢了呢？你把我们这里当成专门替你找人的吗？

我想了想，无言以对。但，王小洋的确从此就从我的生活里消失了。

幸福的疼痛

新来的27号床是个三十多岁的叫满婷的女人，她受的是普通的外伤。但作为主治医生，我最近为她的病情十分恼火。

满婷是在一个深夜被送进医院的。那天夜里下着大雨，我在医生值班室里睡意的时候，一阵紧急的敲门声惊醒了我。我打开门，门口站着一个浑身湿透的男人，冰冷的雨水正沿着他的头发和脸庞往下掉。而他的手上，正抱着一个人，这个人就是满婷。满婷当时被男人的外衣包裹着，但鲜红的血正顺着雨水往下流。

医生，求你，快救救她！男人带着哭腔焦急地对我说。

我马上招呼护士过来，然后将满婷送进手术室。在满婷的大腿上，插着一把水果刀，伤口很深，险些伤到动脉。事不宜迟，我得马上为满婷动手术。男人将满婷放在手术台之后，并没有离开。他将满是雨水的脸紧紧地贴在满婷的脸上说，亲爱的，别怕，我在这里，亲爱的，坚持住。满婷双手紧紧地抱着男人，一边笑着一边在流眼泪。

按照要求，动手术时男人得离开手术室。但男人却不同意，他说，我在这里陪着她，她会更坚强。没办法，我只好同意。

男人就抱着满婷。我将插在她腿里的刀拔出来的时候，剧烈的疼痛让满婷整个身子抽缩了一下。男人赶紧将满婷抱紧，然后用嘴吻着满婷脸上的泪水说，亲爱的，坚持住，老公在呢，别怕啊。满婷感动地流着泪说，不痛，你在我就不痛。

这情景，就连做医生的我也很感动。就在这种氛围中，很快我就做完了手术。整个过程中，男人都抱着满婷。

手术结束后，男人亲自将满婷抱到病床上，并在床头陪了她一夜。男人的细腻，让许多护士都羡慕不已。

第二天清晨，男人就走了。满婷告诉我，她削水果后将水果刀放在床头忘记取下来了，结果一不小心就掉在了腿上。之后，男人偶尔来看看满婷，但没过多久就匆忙离开。满婷说，男人在一家公司上班，忙。

本来，满婷的伤口愈合得不错，这普通的外伤应该很快就好。眼看就要出院的时候，满婷却不小心从床上跌落了下来，她的伤口顿时被撕裂。剧烈的疼痛让她苦不堪言，她忍不住呻吟，两眼泪水直流。见到这情景，我连忙通知他的男人，并决定马上做第二次手术。

男人匆忙赶到，见满婷的样子顿时心疼不已。他连忙和上次一样，紧紧地抱着满婷，直到做完手术等满婷睡着之后，他才离开。离开前，他一再叮嘱护士要帮忙照看好满婷。

但没想到的是第二次手术后三天，满婷又发生了意外。她自己倒开水的时候，不小心打翻了暖水瓶，在伤口前烫了一个大泡。

真是祸不单行。

更让人没有想到的是，在被烫伤以后不久，满婷再次从床上跌落下来，伤口进一步恶化。对此，我不得不通知满婷的男人，如果她的伤口继续恶化，她有可能失去这条腿。

同时，我们医院也不得不对满婷加强护理。我让护士小刘24小时看着她。

几天后，满婷的伤出现好转。期间，满婷的男人多次来看她。

这天，男人又来看满婷。见到男人来，护士小刘索性就离开了一会。后来男人去上了一趟厕所，回来时男人愣住了。只见满婷正拿起削水果的刀，在自己的伤口上慢慢地割开，剧烈的疼痛让她抽缩不已，但她还是坚持着准备割第二刀。

你在干什么，你干什么？男人惊呆了。所有人都惊呆了。难道，难道你所发生的种种意外，都是你自己刻意制造的是不是？

满婷抬起头，脸上早已经泪流满面。她对男人说，是的，所有的意外都是我刻意制造的。

你为什么要这么做，你就不怕疼，就那般不爱惜你自己？男人生气地问。

对，我就是要疼，要受伤。满婷说，你知道吗，那天晚上我受伤后你抱着我做手术的时候，我有多么幸福吗？这是我们结婚以来你对我最好的一次，我当时就想如果你一直对我这么好，我宁愿在手术台上一辈子疼痛！

男人后来和满婷说了什么我不知道，但第二天满婷就提前出院了。别人告诉我说，满婷转到了精神病医院。

失窃事件

这栋小楼上住着三户人家。为了好区别，我把这三家人分别叫做张家、李家和王家。三家人共用着一个楼梯口，楼梯口装着两扇门。以前，这两扇门上是没有装锁的。

后来的一天夜里，一个贼来到了小楼下。本来贼不是个很高明的贼，对于一般带锁的人家他往往无计可施。所以那天晚上贼来到小楼下看到那两扇门的时候，对自己的行窃并不抱很大的期望。可是贼走近一看，惊喜地发现那两扇门只是摆设而已。于是贼轻轻地推开门，很轻松地进入到小楼里。然后贼到达三楼的张家，开始撬他们家的锁。

我说过，这不是个很高明的贼。所以很快贼撬锁的时候就把张家的人惊醒了。

有贼呀！张家的人醒来后马上大喊。贼听到喊声后顿时知道形势不妙，于是贼转身就跑。同时张家的人发现，贼并没有撬开锁，家里还没丢东西。张家的男人就没有追下去，他推开窗子对二楼的李家喊，有贼呀，快抓住他。张家的男人边喊边想，万一把贼逼急了他捅我一刀子怎么办？

李家的男人听到喊声后马上惊醒。但他聪明地发现贼没有偷到自己家里来，贼只是路过自己家门口。所以他立刻对着楼下的王家喊，快拦住贼，他下来了。

再说王家的男人，其实早就听见楼上两家人的吆喝。这个男人想，你

· 154 ·

们两家人都没有拦住,我凭什么拦?反正这个贼也没有偷我家,再说,要是这个贼记住了我,以后报复我怎么办?所以这个男人听见贼跑出小楼以后,才大声对着楼上喊,妈的,让他给跑了!

贼的这次光临,在第二天立刻成为这三家人的谈资。这三家的男人聚在一起,各自眉飞色舞地讲述昨天晚上自己如何和贼搏斗。

张家的男人说,贼刚刚准备撬门,就被我发现了。我立刻从床上弹起来,操起一把菜刀就追出去。张家的男人说,尽管那贼长得虎背熊腰,人高马大,但是看见我的样子,他立刻吓跑了。见他跑得快,我就叫了二楼的李家。

李家的男人说,我一听到张家的叫声,马上就起来了。尽管那贼长得高大,但他刚跑下来,我就给了他一拳。不信,你们注意看看,街上谁的脸上有拳击的伤,准是那个贼。吃了我一拳,贼跑得更快了,所以我就叫了一楼的王家。

王家的男人说,其实呀,贼跑到一楼的时候,还没反应过来就被我逮住了。我把他的手反剪过来,正准备叫你们报警的时候,他小子趁我不注意就溜了。更让人生气的是,贼不是一个人,在门外有他的同伴。贼溜出去就坐上了同伴的摩托车。不然,他现在就在公安局了。

经过各自的一番阐述之后,三家人最后一致认为贼之所以能进楼里偷东西,是因为楼梯口的大门没有上锁。如果有锁他能进来吗?所以三家人商定,由他们三家ＡＡ制出资购买一把大锁。然后每家每人都配一把钥匙,要求进出楼后必须将锁锁住。

就这样,小楼的楼梯口就出现了一把大铜锁。有了这把大铜锁之后,贼几次光临,但最后都无计可施。这把锁,的确起到了有效保护的作用。

但是,不久之后的一个晚上,这栋小楼里的三户人家都被贼光临了。贼进入楼后,把三家里值钱的东西偷了个精光。直到第二天早上,这三家人才同时发现自己家里被盗了。大家对贼的光临很生气,他们立刻报了警。并认为肯定是贼把大门的锁撬了。

可是,当警察和他们一起去看大门的锁的时候,发现锁好好地挂在门上，丝毫没有撬过的痕迹。那贼是怎么进来的呢？

张家的男人说，我想起来了，我昨天下班回来，拿钥匙开门的时候就发现锁没有锁住，我轻轻一推就把门打开了。进门之后，我想，二楼的李家应该先下班了，这门肯定是他们家没有锁。他们为什么不锁呢？肯定有自己的原因，比如没带钥匙什么的。所以我不能将锁锁住，万一我锁住对他们造成影响了不好。我估计晚一点他们会锁门的。后来到底锁了没有我不知道。

李家的男人一听张家的男人说的话，马上不服气。他说，我是最早下班的，可是我回来的时候就发现门没有锁。我本想锁住的，我想你们两家的人都没有回来，我锁住了你们反正要开，你们回来后就一定要锁住的。所以我没有锁。

王家的男人说，我最后回来，我回来的时候门同样没有锁。以往天天都锁了，为什么今天没有锁呢？我估计肯定是有人专门不锁，肯定有着专门的原因。再说了，既然你们都没有锁门，我为什么要锁呢？

啊，原来昨天晚上的门一直没锁！难怪贼会顺利进来。三个男人同时说。

作为负责这个案子的警察，我很认真地听完了三个男人的对话。最后我不得不告诉他们，他们的失窃事件有着必然性。因为在他们心里，早就给贼配了把钥匙。

职业带路人

表哥准备工作调动，需要到某部门某领导家里走动走动。于是表哥用信封装好"硬件"，邀我一同前往。走到那个单位门口，我和表哥不由得愣住了。那个领导虽然在办公室里，但我们不能大白天把东西直接在办公室给他吧。我对表哥说，晚上来吧。表哥想了想说，可是晚上我又不知道领导家住在什么地方，再说也不知道他在不在家？

我们俩在那里焦躁不安，这事处理得好倒不说，处理得不好，效果会相反呀。

正在这时候，一个清洁工人打扮的人悄悄地拍了拍我们的肩膀，然后对我们递了个眼神，叫我们到一边说话。我们跟着走了过去。

他找了个僻静的地方，对我们说，你们是找某某领导吧。我说是呀是呀。没想到表哥瞪我一眼，说，别瞎说，谁说的？

那人嘿嘿地笑了，说，你们就别蒙我了。我一看就知道你们想办事，但白天又不好直接给他，晚上也不知道他家，即使知道他家也不知道他在不在，去哪里了。

表哥说，就算是，怎么样？

那人不慌不忙地说，那你们就得找我了。你们需要的信息，我会给你们全全提供。你们只要给我五十元辛苦费就行了。

原来你是要钱？我说。

那人瞟了我一眼，说，这可是一个愿打一个愿挨的事，你想好了，干就干，不干就拉倒。

表哥赶紧拦着他，说成，成。就给你五十，但你一定要保证下班后我们能找到他。

他说，没问题。你们现在先找个地方休息，晚上八点我在这里等你们。找到他了，你们才给我钱怎么样。

晚上八点，我们在约定的地方见了面。接着他很熟练地把我们带到一个小区，然后指着三楼的一户人家说，那就是你们找的领导的家。但是，他马上一转，他现在不在家，在红心酒楼吃饭，你们可以在这里等他。

我们怎么就相信你说的？我说。

他瞟了我一眼，说那我就让你们相信吧。于是他带着我们，穿过几条街，然后在红心酒楼外站住。他拉着我的手说，你到里面去，假装上厕所，你仔细看看五号包房里面是不是他。

我按他说的，走进去一看，那个领导果然在里面。出来之后，他说，这回你们相信了吧？他又说，我们回去等，等会儿他还要去洗桑拿。

我们只好跟着他到领导的住处外面的一个角落里等。趁着空，我就有许多疑问问他了。

我说，你怎么这么清楚知道这个领导的行踪？你们是亲戚，是朋友，还是别的？

他努力地笑，说我和他什么也不是。如果要真算是什么的话，我可能是他最不喜欢的人。

为什么？

他说，我原来是一个修路工人。我在那条路上做了活，没拿到一分钱，据说就是这个领导给贪了。我心里那个气呀，就背着被子到城里找他要钱。我家就我一个人，行动也方便。他不给，我就整天跟着他。他不知道有多烦我，渐渐地我就熟悉了他的一切行踪。后来我就发现，每天找他送礼的人特别多，而这些人和你们一样，因为找不到他而为难。于是我就灵机一动，给他们带路，然后收点辛苦费。

那你的钱不要了？

你听我慢慢说嘛。后来我就不找他要钱了，因为我发现，我仅几天收到的辛苦费居然比我的工钱高了许多。于是现在我每天什么都不做，就干这个，不怕你们笑话，再过一年我也准备在城里买上一套像样的房子。

我听了着实吃惊。我说，那领导不知道吗？他不阻止你？

他一阵大笑，说，知道，他当然知道我在收辛苦费。可是我们俩是心照不宣呀。他怎么会阻止我呢，他感激我还来不及，你们说是不是？

正说着，有辆车的灯光过来了。他碰了一张我们的胳膊，说领导回来了，你们快去。

我们付了钱，转身欲走的时候，他递给我们一张名片对我们说，你们下次来找谁还是找我带路，我现在正在扩大业务，准备把其他领导身上的活也干了。给你们的朋友也介绍介绍，以后方便。

我接过名片一看，上面写着：职业带路人。我还准备和他说什么，表哥一拍我的屁股说，哎呀别啰嗦了，我们赶紧给领导送去再说，错过了这个时机又要给他五十元才行。于是我只好屁颠屁颠地跟着表哥往领导家跑。

永远的呐喊

她本是一个弱不禁风的女子。她在自己的闺房里一天一天数着日子长大。所幸的事，她自幼喜欢琴棋书画，弹琴作画成了她生活中最重要的部分。

如果不是因为战争，她是不会离开自己的闺房的。那样的日子虽然空间狭窄，但却充实而安稳。

战争的火焰在一个傍晚烧到了她的家门口。啸啸马嘶声打破了她正在做的一个梦。接着她听见了刀与刀的碰撞声，看见了血像一朵朵鲜花一样不断在自己的窗户上盛开。不断有人倒下，不断有人尖叫和怒吼。她慌乱地打开门，踏着火焰，踏着一具具带着体温的尸体，奔向黑夜。

她不知道自己是怎样倒下的。当她睁开眼的时候，一匹高大的骏马正站在自己的跟前。马上有一张微笑的脸。

你醒了？那人跳下马。身上的盔甲正嚓嚓作响。辽人入侵，我们来迟了。我们在路上遇到了昏倒的你。

她努力地抬起头，看见天空里的云像血一样把天空染成红色。我的家人呢，其他人呢？她翕动着嘴唇。

那人叹了口气说，除了你，没有人是幸运的。

这时一个士兵走了过来。将军，所有尸体都已经掩埋好了。士兵说。

将军？你是将军？她睁大眼睛，看着眼前这个身穿盔甲的男人。

是的。将军点点头。将军把目光移开，看着远方。我们要走了，辽人还在作乱。将军说。

带上我。她努力地把自己撑起来。带我跟你们一起走。

女人在军队里，不方便。士兵说。

求你。她的目光带着一丝哀求。

将军动了动嘴唇，又看了看她。将军转过身来，向她伸出了自己宽厚的手掌。

此后将军的队伍里，多了一个瘦小的身影。每一次出征，这个身影都会出现在战场上，她不会舞刀弄枪，却会用她嘹亮的嗓子呐喊，杀呀，杀呀。她对着将军的队伍总这样大声地喊着。这样的喊声常常在激烈的战场上显得空旷而苍凉。将军带着他的队伍，跟着她一次一次地呐喊，杀呀杀呀。在这样的喊声中，将军的队伍像一支箭一次又一次地奔向敌人的心脏。

终于在一次呐喊结束之后，她做了将军的女人。她知道，她那本来无力的呐喊，是将军所向披靡的动力。

将军战死于一个傍晚。一支带着毒液的箭射穿了将军的胸膛，将军从马上落下来，将军的队伍顿时大乱。将军感到天在旋地在转，将军看到所有的士兵都在盲目地奔跑。将军把眼睛睁大，叹了口气。

这时将军听到了她的呐喊。杀呀杀呀，她喊着，带着哭腔。杀呀杀呀，她喊着，你起来杀呀。将军看见她瘦小的身影在马上努力地摇曳着。慢慢地她的喊声远去，将军脸上有了微笑，手蓦地垂了下来。

她被带到敌人的军营，和将军的头颅一起。这就是他的女人。一个敌兵指着她说。

她抬起头，用沙哑的嗓子说，杀呀杀呀。

她能做什么？陪男人睡觉？还是喊杀呀杀呀？敌人的头领站起身来，用手捧起她瘦小的头颅，然后猛地扔开。说，把她的腿割下来，再送回去，看她能做什么。敌人的头领嘿嘿地笑了。

她愤怒地看着敌人，从口里吐出一口唾沫。她说，杀呀杀呀。

将军,她在他们的队伍里就是负责这样呐喊的。

哦?是吗?敌人的头领又笑了。把舌头也给我割下来,她还能么?

当她再次被送回军营的时候,已经成了一个不能行动的哑巴。她拒绝了所有人的关心,抱着自己血肉模糊的双腿,她把自己关在了一间柴房里。整整三个月,没有她的一点音讯。

三个月后的一天,两军开战。空旷的战场上,敌人气焰嚣张。眼看敌人一批一批压过来的时候,一阵悠扬的笛声骤然响起。

这笛声由远及近,仿佛从地底下幽怨地飘出来。时而轻而缥缈,时而掷地有声。其间带着潺潺的鲜血和刀与刀的碰撞,带着呐喊和跌倒,带着呻吟和哀号,带着思念和愤怒,带着倾诉和回忆,带着期待和向往。笛声最高处,竟有几匹野狼在远处嚎叫。

所有的士兵都为这笛声震撼。在笛声中,他们仿佛看见原来的将军正挥着大刀带着他们冲杀,仿佛听见原来的她在大声地喊杀呀杀呀。这时笛声一下子高亢起来,如战鼓齐鸣,如雷霆齐发,如洪水决堤野马脱缰。士兵们立刻斗志昂扬,一鼓作气,向敌人们冲去。

当敌人纷纷投降的时候,当胜利降临的时候,笛声已经停了。士兵们看见,一辆马车从远方驶过来。马车上,一动不动坐着她。有人赶紧迎上去,看见她手中的笛子不禁哑然失色。

那笛子……

所有士兵围上去一看。她手中拿的,竟是一根人的小腿骨,只是那根骨头表面光滑如白玉,透着寒光,上面打着七个幽深的小孔。再看她,面带微笑,嘴角有血。用手一摸,早已经气绝身亡。

哗的一声,所有士兵都齐齐跪下。

拳　王

他是个孤儿。

一直以来，他都靠乞讨过活。他蓬头垢面，从一个村庄流浪到另一个村庄。很多次，他被人莫名其妙地毒打。因此，他身上伤痕累累。但从没有人听见他哭过。

那天，他路过一个大宅院的时候，一条凶猛的狼狗突然扑了上来，对着他一阵撕咬之后，他昏厥了过去。当他醒来时，看见的是一个一脸慈祥的老人和一个跟自己年龄相当的小女孩。

是老人救了他。老人拨开他的伤口给他上药，巨大的伤口淌着鲜血，把小女孩吓哭了。但他却表情木然，一动也不动。老人看着他顽强的表情，微笑着点了点头。

几天后，他的伤好了。在他打算离去的时候，老人却留住了他。老人是练拳的。小女孩叫芹儿，是老人的孙女，也是练拳的。

从此，他和芹儿一道，跟老人学习拳术。他们都称呼老人叫爷爷。

他对拳很感兴趣，所以他的拳进步很快。老人看着他不断变化的一招一式说，如果他努力的话，将来他可能成为拳坛上的拳王。他点头，拳王成了他的目标。芹儿为此十分高兴地拍起了巴掌。

第一次上擂台，对手是个看起来瘦得弱不禁风的家伙。他没怎么把对手放在眼里。可一场下来，他却败得一塌糊涂，他很沮丧。后来他才知道,那是爷爷专门安排的高手,爷爷说,目的是教训他不要轻敌。

接下来,他练功也就比以前更加认真和刻苦了许多。再上擂台时,他胆大心细,运筹帷幄,灵活自如。凭借一记勾拳,他一次又一次击败对手,一次又一次成了擂主。最终,他成功地获得了拳王的称号。

这年,他刚好十八岁,是芹儿的胸脯开始起伏的年龄。爷爷看在眼里,就给他们定下了这门亲事。他笑,芹儿也笑。

可是渐渐地,他开始不怎么上擂台了。更多的时候,他都是以拳王的盛誉出现在现场看看比赛。他担心失败,害怕比赛,因为他有了拳王的美誉,还因为有了芹儿。

这年,一个对手找到他,要求和他打一场。如果他输了,就把芹儿输给对手。他不同意。正当他极力反对的时候,芹儿却自己站了出来,芹儿愿意。他吃惊地看着芹儿,又吃惊地看了看爷爷。爷爷叹气,无语。

一场比赛开始了。在强大对手面前,他居然显得那么不堪一击。几个回合下来,他就趴在了地上。最终,他不得不眼睁睁地看着芹儿跟着别人走了。他从此也失去了拳王的宝座。

爷爷接受不了这个现实,当天就昏倒,第二天就奄奄一息了。临终前,爷爷告诉他,是芹儿主动找的那个对手。爷爷还说,你要成为真正的拳王呀。

爷爷去世后,他变了。但他没有哭过,没流过一滴泪。只是,他爱上了喝酒,常常一个人东倒西歪地走在路上,许多个夜晚都在露天度过。

后来,他又一次醉了,一不小心,他跌下了山崖。据说,他跌下山崖后并没有什么大碍。但从此,几乎没有了他的任何消息。渐渐地,拳坛忘记了他。

一年后,日本人开始入侵中国。一个叫山田本一的日本人十分喜爱拳击,仗着国家的优势他专门设了擂,扬言要打败所有中国拳手。山田本一的确有些厉害,几天下来,无人能胜他。有几个人还当场被他活活打死。

这时,他突然出现了。但他是一个人来的。只是他来时嘴上爬满胡须,显得十分憔悴。

他站在擂台中央，和山田对立着。山田说，你不怕死？他看着山田，目光让人害怕。他说，来吧。

山田挥拳过来，他站着并没移动脚步，只是灵活地避开和还击。几个回合，不见分晓。山田跺着脚，扬言非打死他。

山田的脚果然厉害，一拳直接打在他脸上，他当即跌倒，脸上鲜血直流。他迅速站起，如泰山一般。台下掌声一片，山田大叫，再一拳过来，又飞踢几脚。他明显受不住，再次跌倒。此时，鲜血已经模糊了他的脸。他又一次站起来。山田再击，一拳又一拳，他一次又一次跌倒，但最终都努力地站起来。

台下吆喝声更大了。他又一次跌倒，他闭着双眼，气息微弱。观众愕然，山田得意地叫了起来。裁判大声地喊着一、二、三……数到九的时候，他居然猛地站了起来，在站起来的那一瞬，他抬手一拳击中山田的头部。山田啊的一声，当即倒地，几秒钟后，山田气绝身亡。

台下掌声汹涌起来，有人哭着大喊拳王，拳王。就在这时，一个女人拿着一副拐杖，冲上了擂台，女人把拐杖放在他腋下，女人哭着说："你不要命了呀，你的腿骨折了你还要打呀，你的头上还有伤呀，你不要命了……走，咱们回家。"

而他，就静静地站着，像铁塔一般一动也不动，一脸安详仿佛什么也没听见。

突然，女人大哭起来。原来他早已断气了。

鼓 手

两军对垒。

和以往任何一次开战前一样，鼓手慎重地举起了手中的鼓槌。鼓槌上红色的缨带立即被朔风拉成两把醒目的利剑。剑尖直刺鼓面，随即一声"咚"的响，大地震撼。彼时，全军将士如脱缰的野马，热血沸腾奔向战场。

一鼓作气，再鼓冲锋。鼓，在战场是将士们骨子里的动力。咚咚的鼓声，可以敲出满腔热情，敲出千军万马，敲出所向披靡。所以，战场上，将士可以一批一批倒下，但鼓声却始终不能停。鼓声停了，就会士气大挫。只要鼓声在，前方就有胜利在。自然，这要求有一个好的鼓手。

鼓手到今天已经做了整整三年鼓手。三年里，鼓手用手中的鼓槌敲出了一次又一次胜利的激情，敲出了许多次转败为胜的信心。大家都承认，他是一个好的鼓手。

其实，这之前，鼓手并不是鼓手。鼓手是这支队伍里的将军。鼓手被征进队伍的时候，只有十八岁。因为敌国的侵扰，鼓手的父母以及乡亲都被敌人杀害。鼓手逃了出来，就到了军队里。由于鼓手英勇善战，在战争中屡战屡胜，后来很快就做了将军。

将军的剑，是为敌人而闪着寒光的。将军的队伍，始终对着敌人的方向。但不幸的是，将军后来失败了一次，就是这一次失败，让将军成了鼓手。

那次将军的队伍遇到了一小队前来侵扰的敌人军队。那时将军正值青春年华，将军手中的鞭子在空中常常挥得霍霍作响。将军带着必胜的信心，和那队人马对峙着。

就在这时，将军看见，对方领军的竟然是一个女人。将军见过许多女人，但将军从没有这样的感觉。她该是怎样的一个女人呀，乌亮的辫子，有神的眼睛，柳叶似的眉毛……这都不重要，重要的是女人凝神看着他，女人的眼睛里仿佛盛满了烈酒。将军顿时被灌醉了，而且醉得一塌糊涂。女人在微笑，女人在歌唱，女人在舞蹈，女人在呼唤。将军忘记了自己是将军，忘记了仇恨和职责，忘记了女人是自己的敌人。

直到一声鼓响，将军才回过神来。但一切已经晚了，对方的毒箭已经射中了将军的右腿。随即将军什么也不知道了。当将军醒来时，将军已经不是将军了，耳边是大将军的呵斥。大将军说将军的队伍，竟然败给比自己少一大半人马的敌军小队。而将军自己也从此变成了残废。

将军已经不能参战了，按规定将军要被赶出军队。将军哭了，将军不能离开军队呀。毕竟自己身上有着仇恨，毕竟自己是个热血男儿，毕竟自己还可以为江山社稷尽一份力。于是将军找到大将军，又于是将军最后就成了现在的鼓手。做了鼓手的将军知道，鼓手的鼓声也是利剑，这甚至比自己原来的将军位置还重要。要打好一战，就要敲好鼓。

鼓手经常在傍晚忘情地练习敲鼓。边敲，鼓手却边流泪。

鼓手流泪不是后悔。鼓手其实是一直在想那个女子。她是谁？能和她再见一面多好。鼓手甚至还肯定，他已经深深地爱上了那个女人。如果可以，他会想方设法地娶她，爱她，和她过一辈子。可鼓手也知道，她是自己的敌人。敌国人和自己的国家之间，有着太多的恩怨和仇恨。所以，何况他们不能见面，就是见面也是和上次一样刀剑相对呀。鼓手就哭了。

此后的三年里，每一次开战，鼓手都期盼着她出现，但鼓手又害怕她出现。鼓手常常不得不闭上眼睛，脑子里一边是敌人侵扰时烧杀抢掠的场面，另一边是女人那张美丽微笑的脸。鼓手的心里被什么东西交织着，鼓手就把鼓敲得更重更急，三年下来敲坏了好几面鼓。

而此时，鼓手看着前方，敲响了战鼓。自己所在的队伍马上就和那队敌人战斗了起来。鼓声是力量，鼓声是方向。在鼓声里，敌人一个又一个倒下。也就在此时，鼓手的眼睛突然睁大了。

是她？没错。鼓手又看见了那个女人。那个三年来，鼓手时刻想念的女人。女人看起来还是那么美丽和传神。女人拿着剑，正顽强地战斗着。看得出，女人有些招架不住。鼓手顿时觉得自己手中的鼓槌好沉。鼓手明显感到自己的每一声鼓响，都像一把利剑刺向女人和她的队伍。鼓手多想停止鼓声，让大家停下来，让女人停下来。

但鼓手不能。鼓手是军人，鼓手要保卫自己国家的疆土，鼓手身上还有着敌人留下的许多仇恨。这鼓声一旦停了，意味着什么？怎么办？怎么办？女人，仇恨。仇恨，女人……

最终，鼓手用手在自己的脸上狠狠地抹了一把。然后鼓手闭上了眼睛。鼓手把一只手紧攥着，用另一只手猛砸向战鼓。顿时，鼓声高亢激昂，像呐喊，像歌唱。任何人听了都会振奋。敌人的军队里惨叫声无数。

突然，鼓手感到自己的身体一阵刺疼。一柄长剑刺穿了鼓手的身体。鼓手的身体僵住了，举着鼓槌的手停在了半空。

我先消灭了这鼓手，看你们哪里来的士气。

鼓手听见，说话的是一个女人。凭感觉鼓手敢肯定，这就是那个女人。刺进自己身体里的剑就是女人的剑。女人话音一落，一脚踢在鼓手身上，剑就拔了出来。

鼓手的脸上划过一丝微笑，接着就慢慢倒在地上。同时，鼓手那只紧攥的手也松开了，里面摔出两颗血糊糊的眼珠。

鼓声停了。

塞翁失马

管家想走。管家来这儿四年了,眼见着塞翁这个干瘪瘦小的老头的占卜店的生意越来越差,管家心里急呀,他还指望挣几个钱讨几房媳妇呢。

"管家,管家。"塞老头喊他了。管家进屋,只见塞老头坐在椅子上,很憔悴。老头说:"管家,还是去把门开着,生意再差也得开呀。"

"开吧,开吧。"于是管家下去了。本来四年来塞老头对管家很好,没把他当外人。可管家也有管家的想法呀,自己都这把岁数了,也该讨房媳妇了,总不能比马都不如。这是管家目睹的,塞翁的马每次让管家牵出去,都会和另一匹小红马好上一会儿。唉,想到这儿,管家心里很不平衡。现在老板生意这么差,将来拿什么讨媳妇?走,只有走。

管家把店门打开以后,就收拾好行李准备走。临走前他去看了看丫环春香。管家喜欢春香,但他没钱娶她,所以他要走。"等我有钱了,我一定回来娶你。"管家说。"去吧,去吧。"春香说。

之后,管家走了,管家走的时候还把塞家的马牵走了。这匹马是管家一手喂大的,他们之间有感情。管家把马牵着,又经过了平日里管家放马的那道山坡。

马在这道坡上嘶了一声。这时,那匹小红马就来了。但管家要走,他不能停,他要挣钱要娶媳妇。于是,管家牵着马走了,可那匹小红马竟一直跟着不回去了。管家赶也不回去。管家看到两匹马亲昵的样子,就羡慕，就想丫环春香，就不赶小红马了，让它跟着自己一道走。咳，那叫感情，何必棒打鸳鸯，管家说。

管家牵着两匹马走了三天三夜，很饿很累。第四天睁开眼的时候，竟看到了丫环春香。春香说，管家走后，老爷就叫她来追管家，叫管家回去，回去由老爷给管家和她成亲。我追了三天三夜，快回去吧，春香说。

管家有些感动，"可我偷了老爷的马。"管家说。

"没关系，老爷没发现，我早找人隐瞒好了。回去以后，你只悄悄将马牵进马圈就行了。"春香说。

"可另外这匹马呢，不知是哪家的。"

"管它，一起牵回去，反正它们喜欢在一起。"

于是管家和春香一道回去了。到了塞家，管家悄悄地将两匹马牵进马棚。刚准备离开，就听见有人大喊："我们家的马回来了，我们家的马回来了。"管家赶紧躲了起来。

这时，只见塞老头带着一大群人走了过来。人们指着马议论纷纷："呀，果真回来了，真是神算！"

"妙，妙，果真带了匹马回来。哎呀，神算，神算。"

塞老头站在人群中，一脸微笑。

管家不知道这是怎么回事。但就从那天起，塞家占卜店的生意却出奇地好，门庭若市。管家真的不明白这里面的奥妙。生意好了的塞家老汉发了，但发了的塞家老汉还是没让管家留下。管家又走了，春香没有和管家成亲，和春香成亲的竟是塞家老汉。这点，管家怎么也没想明白。

管家只有走，他要到别处挣钱娶媳妇呢。

苦胆汤

"勾践，你忘了亡国的耻辱了吗？你忘了几年来受的折磨吗？"每当勾践有所放松的时候，都会听见子恒的怒吼。

子恒是仆人，一个由勾践的父王留给他的一个忠实的仆人。上面的这几句话不是子恒自己敢说的，这是他的大王，也就是勾践专门要他说的。作为忠诚的仆人，大王的命令是不能不听的。于是，每当勾践有所放松的时候，子恒就大吼。

"勾践，你忘了亡国的耻辱了吗？你忘了吗？"子恒吼到。

"不，我没有，不……"勾践每次听到这句话时，眼里立即透出异样的光，愤怒立刻刻在脸上，他的脸在痉挛。同时，勾践总是用手抓住子恒的衣衫："不，我没忘。"片刻之后，他才会松开子恒，到里屋去。

里屋里的东西很少，一张桌，上面放着竹简。地上则铺着一堆柴。其实那不是柴，是一堆荆棘。勾践就睡在那上面，一翻身就锥心地疼。荆棘是子恒砍回来的，这也是勾践从吴国回来那天命令子恒砍的。大王的命令，子恒不得不办，于是子恒砍了最锋利的荆棘。当然更重要的是那颗吊在半空的苦胆。苦胆要苦，越苦越好，这是勾践交代的。为此子恒动了不少脑筋。哪种动物的胆最苦呢。熊胆？蛇胆？本来孔雀胆最苦，但后来子恒才知道孔雀胆是无药可医的剧毒。最后子恒选用了蛇胆，既苦又清凉。

勾践每天就睡在荆棘上，看屋里那些竹简，有时站起来舔那颗苦胆。

勾践对子恒说，每天你都该把我当犯人看，而不该是大王，你懂了吗？

子恒很听话。于是，在勾践放松时他就怒吼提醒他，当荆棘不锋利时子恒就去砍新的，苦胆不苦子恒就换新鲜的。而每天勾践吃的饭，总是泡菜稀饭，和犯人吃的一样。

勾践很满意子恒，他告诉子恒，他要在艰苦中奋发图强，他要报仇，要打败吴国。等他成功以后，一定给子恒封个大官。

子恒对勾践的话没做声。子恒自己也知道自己只是个仆人，仆人就得听主人的话。所以他对勾践看得很严，有时连勾践自己也有些受不了，但往往勾践就会平静下来，因为这是他自己交代的。

转眼，就是三年。三年来子恒一直这么看着他的大王勾践，让他睡荆棘、尝苦胆、喝稀饭。三年后，勾践出来了，他带了剑，披了战袍开始攻打吴国。我们都知道，勾践赢了，赢了就当他的越王。

当了越王的勾践不再是睡荆棘、尝苦胆的勾践。此时他披着金甲，威风凛凛地回来了。他的身边有了好多新的仆人。带着一大队仆人的越王忽然想起了子恒，这个三年来一直严厉要求自己的忠诚仆人。于是越王召见了子恒。

"子恒，我说过，我当了大王后会赏你的。"越王说。

"谢大王。"子恒跪在地上拱了拱手。

"赏什么呢，三年来你一直照顾我，提醒我，这样吧，本王先赏你一碗苦胆汤吧。"越王一挥手，有人便端了上来。

"谢谢大王！不过大王，奴才一直听命大王，今天奴才想违命一回，恕奴不喝。"

"你敢，"越王大怒，可话音刚落，只听子恒哈哈一阵狂笑，口吐鲜血倒在了地上。

"大……王……我已经事先……吞了孔雀胆。"说完，子恒就咽气了。

怪了，怪了。越王端过那碗汤，说："怪了，仆人怎知道我会要他喝孔雀胆汤呢？"说完越王将汤倒了，越王一脸的不解。

· 172 ·

画蛇添足

那天，私塾的人很多。曰老夫子说，今天我们就学习画蛇吧。多单没应声，所有的人都和多单一样没应声。本来多单不想画蛇，蛇嘛，多单早就会画了。可多单不敢说不，多单是曰老夫子的学生，学生，古往今来都是听老师的。这是大家都认为天经地义的理。

曰老夫子拿了笔，铺开纸，然后之乎者也哉地画了起来。下面的学生也拿了笔铺了纸之乎者也哉跟着画了起来。曰老夫子说，先画一横，下面的同学就先画一横。曰老夫子说再画一竖，下面的同学就再画一竖。

多单没那样画。不就是一条蛇嘛，为什么非得那么画呢。于是多单在曰老夫子教其他人画的间隙里，提起笔呼啦呼啦地画了起来。待多单的蛇画好以后，曰老夫子还在教其他同学画蛇头。

多单抬头看了看大家，他突然想笑。看大家伙那幅摇头晃脑的认真样，多单就觉得好笑。可多单没笑出声来，他怕让老夫子发现。曰老夫子最恨那些不听话的人，一旦有人不听话，曰老夫子都会拧着他的耳朵上讲台，把他的劣迹曝光，最后还用厚厚的戒尺打屁股。想到这儿，多单就怕就不敢笑。

片刻，曰老夫子说，下面大家照着我的画法画一遍，看谁画得最像。于是大家哦了一声，就动笔画了起来。

多单也画了起来。多单不能不画。大家都在画，如果多单不画，岂不是不打自招摆明自己不听话。哪怕假画也得画。

多单就拿着笔，准备在纸上画起来。画什么？蛇已经画好了。看着那条光秃秃的蛇，多单总觉得少了点什么。于是，他画了起来，他画了几只脚在蛇身上，像鸡脚一样的脚。蛇为什么不长几只脚呢？多单想。

多单画得很认真，他想，蛇长了脚一定行动得很快。当他画得正投入的时候，忽然觉得有一只大手将自己的耳朵拧了起来。多单抬头，是曰老夫子。原来，多单给蛇画脚画得太投入，其他同学都已经停笔了他却还在画，结果让曰老夫子很自然地注意到了。

曰老夫子提着多单的耳朵把他提到了讲台上，同时把多单那幅长了脚的蛇的画也铺在了讲台上。"大家看，多单画的是什么。"曰老夫子笑着说。

"哈哈，蛇怎么会有脚？"

"哈哈，怪物，这不是多此一举吗？"

"哈哈，简直乱弹琴。"

"哈哈哈哈……"

下面的笑声很多，很杂。多单没听。为什么，为什么不可以，多单在心里问。但没有谁回答。只有嘲笑在下面进行。接着是老夫子的挖苦，还有屁股和戒尺的较量。这叫多此一举，这叫胡思乱想，曰老夫子告诫说。曰老夫子的语气很重，他认为多单多半是神经有问题。为了不让其他人犯同样的错误，曰老夫子把这件事告诉了很多人。到最后都忘不了加一句："这叫多此一举。"

后来，他们干脆把多单的这件事编成了成语，以便告诫人们不要多此一举。可多单不服气。那幅画多单回家后看了很久。为什么蛇不可以长脚？不，我就要画。于是多单就画了起来，多单还画了马的头，鹿的角，鱼的鳞。他把这些东西以及鸡的脚都通通画在了蛇的身上。但所有的人都说多单是个疯子，看到多单远远地就笑他，那就是那个画蛇添足的人。为此，多单失去了亲人，而且一直没有娶到媳妇。后来，多单在人们的嘲笑中死去，但对"画蛇添足"的嘲笑到今天也没有停止。

可有一件事我不能不告诉你。多年以后，人们把一种长有马的头、鹿的角、鱼的鳞、凤的尾、鸡的脚的蛇一直视为吉祥的动物，后来干脆把它视为中华民族的象征。人们称这种拼凑起来而本身不存在的动物为龙。可人们不知道，它是由一个叫多单的人画出来的，就是那个画蛇添足的多单。

惊弓之鸟

半夜的时候，复苏听见有人敲门。开门一看，是自己的表弟，刚得到魏王赏识的更羸，复苏连忙开门让座。要知道，像更羸这么大的官到复苏这个小猎人家是不容易的，尽管他们是表兄弟。

更羸进了屋。他只带了两个随从，这两个随从样子特好记，一个脸上有道疤，另一个脸上有颗豆大的痣。更羸坐下，两个随从站在他身后。

"表弟半夜来此，不知有什么事？"复苏有些担心，这么晚来，他怎么早不来？

"也没什么，就想请表兄帮个忙。"更羸说。

"帮什么忙？只要我办得到。"

"是这样的，"更羸说，"听说表兄学会了另一种猎鸟的方法？"

"就是不用箭的？"长痣的随从提示说。

"多嘴！"更羸瞪了他一眼，随从赶紧闭嘴。

"哦，弹弓，一种新玩意儿，原理和射箭一样，如果表弟要我可以借给你。"复苏说。

"听说，你那玩意儿在你手上百发百中，而且击中后一般都没伤。"更羸又说。

"是，是。"复苏忙点点头，可他心里想，我才学会三天，他怎么就知道了呢？

"那好，表兄，明天……"更赢就把嘴凑到复苏耳边嘀咕了一阵。只见复苏的脸一紧一松，表情复杂。最后，更赢一挥手，脸上带疤的随从立即将一大包白花花的银子递给了复苏。

"这是一点小意思，事成之后必重谢。"更赢说。

复苏看着银子，笑了，说行。

第二天一大早，复苏就来到了林间躲好。不就是用弹弓打一只鸟吗？要活的，这轻松，这可是复苏的看家本领。

终于，复苏看见更赢和魏王一起过来了。更赢手里提着弓，正和魏王边走边谈些什么。这时，一声雁鸣划破长空，更赢和魏王立即抬头。复苏赶紧用弹弓瞄准目标，更赢也开始拉弓了。

一、二、三，放！就在更赢放手的同时，复苏射击了。只听那雁一声长鸣，掉在地上直扑翅膀。这时，魏王一阵大笑，好！好！同时拍了拍更赢的肩膀。

一切都跟计划的一样。当天回去，魏王给更赢封了个更大的官，魏王直夸更赢能干。肯定，当了官的更赢是不能不来感谢他的猎人表兄的。

还是在半夜，更赢还是只带了两名随从来到了复苏的小屋。坐下之后，复苏发现更赢的贴身随从变了，不是原来那两个。

"他们呢？原来的。"复苏问。

"他们知道的太多了，就……"更赢说到这里，就用手在脖子上用力比划了一下。"表哥，我还是得感谢你，不过你得保密哟。"更赢说完，又给复苏递了一包银子。

复苏用手拭了拭额头。

更赢起身说："表哥，这事就谢了，我告辞了，哦，表哥，晚上注意关门哟。"更赢笑了笑，就走了。

更赢一走，复苏赶紧关上了门。他的脑子里满是更赢那两个随从的面孔，还有更赢的微笑。复苏躲进被子里，蒙着头。从此，复苏总觉得有什么人要杀他，总处于惊恐之中。

两个月后，更赢终于听到了复苏的死讯：复苏死在床上，蒙着被子，手里还抱了把剑。听到这个消息,更赢笑了。

"复苏呀,我可没杀你哟,哈哈……"更赢又笑了。

治 病

济世堂的名医明大夫近日来身体越来越不舒服，面黄肌瘦，寝食不畅。徒弟不多看在眼里急在心里。明大夫是这一带久负盛名的名医，样样棘手的病到了他手里，保证药到病除。但明大夫却一直没治好自己的病。

不多知道师傅这病已经有十几年了。不多是明大夫一手养大的。不多小的时候父母被人杀了，不多躲在柜子里，后来就遇到了明大夫。

明大夫带着不多到了这个小镇，开了济世堂药铺。不多除跟明大夫学医之外，还背地里学习武功。他想为父母报仇。

傍晚的时候，明大夫送走了今天的最后一位病人，便咳嗽着回房去休息。这时，背后响起了重重的敲门声。

不多打开门，血红的夕阳里罩着几个腰间佩剑的人。为首的一个用透着寒气的声音说，找明大夫。

明大夫转身站在了不多身前，说有什么事。

我们家老爷病了，请明大夫走一趟。明大夫请吧。来人说着，伸手做了个请的姿势。与此同时，一顶朱红色的八抬大轿落在了门前。

明大夫望着轿子微微一笑，便平静地跨了上去。不多赶紧带了药箱，尾随其后。

轿子在一座大宅院里落下。躺在床上的老爷紧闭双眼，纹丝不动。下人小心地告诉老爷，明大夫来了。老爷做了个下去的手势。下人退下后，老爷从床上坐起身来，伸出手让明大夫把脉。

片刻之后，明大夫说，此病乃顽疾呀，怕有一二十年了吧。

老爷哈哈大笑，说，是呀，这病折磨了我二十年了，今天先生总可以为我治愈了。

药方已经带来，老爷的病在我踏入这大院时就已经痊愈了。明大夫说。

哦？是吗？老爷起身下了床。

二十年前这病因我而起，所以这病也只能我治了。明大夫的话音未落，一把利剑已经放在了明大夫脖子上。不多见状忙准备拔剑，明大夫却冲他摆了摆手。老爷说，我找你找了整整二十年，为了找到你，我今天又花了二十万两银子呀。你以为你躲到那个小镇我就找不到你了吗？

我知道你会来的，杀了我，你就会高枕无忧了，动手吧。明大夫闭上了眼睛。老爷又哈哈一阵笑，老爷拿出一粒红色的药丸。老爷说，你是行医的人，听说你也有病，我就帮你治治吧。说完便把药丸一下子喂进了明大夫口中。然后老爷放下剑，在自己的笑声中出了门。

明大夫一下子倒在了地上，嘴角流出了血。不多赶紧扶着他，不多哽咽着，师傅，是我害了你，是我要了那二十万两银子，告了密。

明大夫微微一笑，说，我早知道。其实这样也好，师傅的病在今天终于可以治愈了。

师傅！

明大夫说，二十年前我是刚才那个老爷身边的一个待卫，后来，他派我去杀人，我便去了。我杀死了对方一家大小，临走才发现自己杀的是朝廷的忠臣。我后悔不已，便把他们家中唯一幸存的一个小孩带走。老爷怕事情败露，一直追杀我。我到了这个小镇，受不住良心的谴责，便自废了武功，开了医馆行医积德。

明大夫拉着不多的手说，你就是那个小孩子，是我杀死了你的父母，但今天，也算死在你手中，我一直以来的心病也就好了。说完，明大夫的手垂了下去。

不，师傅……泪水中，不多拨出了愤怒的剑。

跪

村子不大，川岛的部队八嘎牙噜地开进村口的时候，就一眼把整个村子收到了眼里。几间破旧的茅屋，几块贫瘠的土地，几棵已经落了叶子的树，还有一间破烂不堪的庙宇。川岛拍了一下马屁股，问身边的兵，就是这里，杀死龟田的那个八路的老家就是这里？兵说，是的，长官，那个穷八路的老巢就是这里。

川岛是报仇来了。川岛又狠狠拍了一下马屁股，再挥了挥手中的皮鞭说，走。川岛又说，我让你们全部死光光。

这段时间以来，鬼子活动猖狂，到处烧杀抢掠，无恶不作。川岛的到来，立刻给这个村子的上空又罩上了一层阴霾。川岛咬咬牙说，你们的给我搜，把人统统给我弄出来。于是鬼子们作鸟兽散，挥舞着枪杆子踹开各家各户的门。

报告长官，没人。

仔细搜！川岛说着望了望天空，天上阴沉沉的，好像要下雨了。

片刻之后，又有人报告，长官，只有一个人，在庙里。川岛笑了笑说，看你往哪里跑。鬼子的队伍马上涌向那座小破庙。果然，有一个中年人在那里。川岛停住马。刺刀马上就逼到了那人的胸前。

破庙里，有一尊慈祥的佛像，佛像的下方，放着一个垫子。那人虔诚地在佛像面前跪下，然后深深地叩拜。他的目光里，透着平静，仿佛身边什么也没发生。跪，好。我就喜欢看你们跪。川岛放声大笑起来。他掏出枪，对着佛像开了一枪。给我站到坝子里去。他喝道。

中年人不慌不忙地来到了坝子上。

川岛下马，用目光狠狠地把中年人全身上下拧了一遍。川岛说，其他人在什么地方？我要你们的死光光。

呸！我会告诉你吗？要杀就杀，随你的便，不过我可以告诉你，你们没有好下场的。中年人说着，对着川岛吐了口唾沫。

川岛把他揪了出来。川岛说，你不说不要紧。你的，给我跪下。川岛又说，你们中国人，不是喜欢跪吗，刚才你不就是在跪吗，我以前还见过排着队跪呢。来，你给我跪下了，我就可以免你不死。否则……

中年人纹丝不动。我们中国人，跪天地跪父母但不跪禽兽，中年人说。

我就要你跪。川岛说着又看了看天，天黑着脸，真的要下雨了。川岛一挥手，就来了两个鬼子。鬼子把手架在中年人身上，使劲往下按，同时嘴里大声吆喝着，跪下。

我就不跪。中年人挣扎着说，我告诉你们，你们的末日就要到了。哼哼，你忘了那个叫龟田的家伙怎么死的吗？

长官，杀了他。一个鬼子说。

不，让他跪下，让他给我跪下。川岛咧着嘴大叫。鬼子就使劲把中年人往下压，渐渐地，中年人的膝盖就要挨着地了。川岛的脸在狞笑。

你们没有好下场的。中年人突然跃起，一下子扑向了鬼子的刺刀。鲜血扑了川岛一脸。中年人倒了下去。

报告长官，他死了。有人说。

川岛一边用手巾擦着脸上的血，一边看了中年人的尸体一眼。死了也让他给我跪着，川岛说。

话音刚落，川岛身边的鬼子却倒退了两步。他的眼睛……川岛看了中年人的眼睛一眼，也禁不住倒退了两步。他看见，刚才中年人明明闭上的眼睛竟蓦地睁开，杏眼圆瞪，怒目而视。川岛的手有些抖。

就在这时，天上突然响起一声炸雷。川岛两腿一软，禁不住一膝跪了下去。

天下雨了。

解 药

开州知府刘田园是在一个下午捉到"叛军"头目张一笑的。张一笑是皇帝缉拿的头号人物。这家伙早已经剪掉自己的长辫子,看样子的确跟朝廷很过不去。但刘田园想不明白,张一笑是怎样落到自己手上的。朝廷缉拿他好几年也无果而终,可他今天竟落到了刘田园的手上!

公堂上,刘田园和张一笑四目相对。刘田园说你可知罪?

张一笑哈哈一笑,说,早闻刘知府气宇不凡,今日一见果然如此呀。我栽在你手里,值!张一笑又说,罪我倒是知道,你把我送上朝廷我无二话可说,但在下有一事相求。

刘田园说好歹你张一笑也是一条汉子,有事请讲。

张一笑说,实不相瞒,今天大人能够顺利将在下"请"到这里,是有原因的。三日前在下已经身中剧毒,来日恐怕已经不多。久仰大人为官正直,多为百姓着想,我恳请大人直接将在下送往朝廷,否则在下的那些弟兄们若知道在下在大人手中,恐伤了无辜百姓呀。

刘田园仔细打量张一笑。此时他嘴唇发紫,印堂发青,额头上潺潺流汗,不像撒谎。刘田园问,张壮士,你中的毒没有解药?

无药可解。张一笑说。

刘田园挥挥手,也罢。张壮士既然有此要求,我就成全你。壮士一副侠义心肠,若不是与朝廷作对,定能造福百姓呀。刘田园转身吩咐道,来人，上酒，待我与张壮士喝一碗为壮士送行。

酒端上来，刘田园和张一笑一饮而尽。刘田园说，我亲自送壮士上京城。给壮士戴上刑具，坐我的马车吧。

两日后，刘田园用自己的马车将张一笑送到了京城。一路上，两人谈古论今，刘田园对张一笑好生款待，一点也不把张一笑当犯人对待。刘田园说，只可惜壮士不该误入歧途呀。

到达京城后，张一笑被关进大牢。临行之际，张一笑拱手对刘田园道，多谢大人多日来的款待，大人之恩在下一定涌泉相报。说到这里，张一笑突然转过身，大声对身边的衙役们喊道，你们听着，我就是叛军头目张一笑，我现在已经身中剧毒，恐怕来日不多。不过，我是让刘大人捉到的，如果朝廷不好好奖励刘大人，我死之前什么也不会交代的。

张一笑话未说完，却见刘田园的额头上已经潺潺有汗。刘田园说，张一笑，我对你不薄呀，你这样是害我呀。

张一笑说，我是真心想感谢大人。说完，张一笑径直走向大牢。

当日下午，刘田园被摘掉乌纱，并被严刑拷打。朝廷要刘田园交代自己和张一笑是什么关系，为什么其他人捉不到偏偏刘田园在张一笑中毒后就捉到他了，为什么张一笑不恨刘田园还要感谢他？为什么刘田园不用囚车押张一笑还用自己的马车送，张一笑路上为什么没有逃跑？经一些奸臣的挑拨，朝廷认定，刘田园就是张一笑的同伙。

后来刘田园被打昏，扔进大牢。刘田园醒来后得知，张一笑已经毒发身亡，尸体刚刚被扔出去。死之前，张一笑一直喊着刘田园的名字。

刘田园对着牢壁一声长叹，张一笑呀张一笑，你才是毒药呀，是致我刘田园于死地的剧毒。我和你无冤无仇，你为什么要害我？

张一笑死后，刘田园每天面对严刑逼供。大牢内的衙役对刘田园格外折磨。同时监狱里的犯人对刘田园同样不择手段地报复。但刘田园在朝廷面前一直没有承认自己和张一笑有什么关系。刘田园说，我一直对朝廷忠心耿耿，从来就没有过外心，你们怎么就不相信我呢？

三日后的一个晚上，刘田园正在大牢里瑟缩着的时候，突然听见大牢外一阵喧哗。一阵刀枪之后，几个黑衣蒙面人冲进了牢里，然后劈开牢门，将刘田园救了出去。

在一个偏远的郊外，刘田园和一个黑衣人面对面地站着。

你是谁？为什么要救我？刘田园说。

黑衣人哈哈一阵大笑，忽地扯下自己的面纱。刘田园大呼，张一笑，你不是已经中毒身亡了吗？

张一笑笑着说，我是已经中毒了，但那毒是我自己下的，所以解药我早就吃过。我只不过在他们面前演一演装死的戏罢了。

可是，你却害惨了我。我和你无冤无仇，而且一直对你不薄，你何以让我沦落到今天？

大人此言差矣！张一笑说，我们知道，你刘田园绝对是对朝廷忠心耿耿。我张一笑只不过略施小计，他们经不起奸人挑拨就那般对你。如今的朝廷是什么模样，大人心里应该有数了吧！

刘田园摇摇头，说，也罢，看来你是故意让我捉到你的？

张一笑继续说，如今正是我们招兵买马的时候，兄弟们仰慕大人已经多时，盼着大人参与到其中为大家出谋划策。小人不得已才想到对大人下"毒"呀。如果大人实在不愿意，我这里有一些盘缠，请大人保重！说完，张一笑转身欲走。

等等，刘田园对着张一笑的背影喊了一声，追了上去。

杀人唾沫

唾沫是什么？唾沫是药，药能治病！飞着唾沫星子说这话的人不是别人，是人称黄药师的黄海林。黄海林其实不懂任何医术，但他治好过不少人，靠的就是他口里吐出来的唾沫。人们称他为黄药师，给的就是他的唾沫的面子。

黄海林祖上三代行医，在开州一带是颇具盛名的"救世家族"。尤其是黄海林的父亲黄秋山，其医术似乎到了出神入化的境界。当时开州一带的居民如果患了什么病，只要黄秋山摇了头，病人家属立刻准备棺材，并且多数不会悲哀。黄秋山都医不好了，说明这个人该死。

黄海林是黄秋山唯一的儿子，从小黄海林就跟着父亲一道吃香的喝辣的，神气十足。黄海林走到任何地方，都会有人给他面子，就因为他是黄秋山的儿子。由于黄秋山格外宠爱黄海林，黄海林十八岁时还一事无成。等到黄秋山意识到黄海林将来生计会成为问题的时候，黄秋山的大去之期已经不远。趁着还有一口气的当儿，黄秋山把黄海林带了山上，然后捉了许多虫蛇蜈蚣之类的东西逗着黄海林吞下。在黄海林吐得翻江倒海的时候，黄秋山说了句，儿子，我对不起你，以后你就靠你的唾沫谋生吧。接着黄秋山头一歪断了气。

黄秋山死后，黄海林才意识到如果自己不学会生存，将什么都没有。黄海林躲在黄家祖屋里，看着"救世世家"的牌子发愣。你说，什么都不会的黄海林拿什么去稳住这块牌子？

恰恰就有病人上门。病人慕黄秋山之名从远方来，特意来治疗脸上一块溃烂的顽疾。见黄秋山已去，再看看木头人一样无用的黄海林，病人大叹一声，说黄氏衰也。平日趾高气扬的黄海林哪听得此话，当即一跃而起，同时"呸"的一声从口中吐出一口唾沫直喷到病人脸上。见黄海林如此无礼，病人正欲发怒，却发现那口唾沫正巧吐在自己的伤口，顿时伤口好一阵清凉。

两日后，那病人脸上的伤竟然痊愈。原来黄海林的唾沫能治病！从此，黄海林名声大噪。

黄海林治病，也没别的辙，就是几口唾沫。外表的轻伤，将他的唾沫抹在上面保证药到病除。内伤则将他的唾沫用温水调和服下，治疗效果十拿九稳。而这些病，换别人的唾沫是绝对不可能治好的。从此，黄海林意识到了自己的存在，他靠他的唾沫，换来了殷盛的家产，换来了漂亮的妻子，还换来了"黄药师"的美誉。黄海林觉得，自己没有丢祖宗的脸，走到哪里，别人都要给自己一点面子。

黄海林三十岁的时候，妻子生得一女。女儿乖巧可爱，故起名黄巧。从此黄巧和黄海林的唾沫一起，成为黄海林最为骄傲的两件宝贝。很多时候，黄海林喜欢把黄巧牵在手里，看到别人羡慕的眼光，听到别人早就准备好的夸耀，黄海林的脸上总是荡起一匝又一匝自豪来。平日里来黄家求唾沫的人不少。好言好语加好礼之后，黄海林才慢腾腾地吐出一点点唾沫。黄海林习惯将唾沫吐在这些人的脸上，手上，甚至吐在他们的碗里让他们吞掉。黄巧总在一旁看着黄海林，眼中满是不解，这时黄海林就告诉黄巧，我吐唾沫给他们，是给他们面子，不是那个人我还不对着他吐呢。

很快，黄巧就在黄海林和其他人的夸耀声中长大。黄海林也渐渐地变得苍老。长大成人的黄巧，是开州城里少见的美女。因为女儿的漂亮，黄海林对着别人吐唾沫的姿势就变得更加专业和意味深长。有一天，长大的黄巧告诉父亲，她要踏过开州河，到外面的大世界去闯一闯。在开州城，能有这样想法的人不多，而有这种想法的女人更是少见。黄海林想了想，又想了想，最后同意下来。只要女儿为我争光，出去闯一闯也没什么。

出去后的女儿，总不时给黄海林汇些钱来。这些钱，比黄海林卖唾沫的钱要多。因为有了钱，黄海林走路的姿势也变得更加硬朗起来。女儿和唾沫，成了黄海林逢人就讲的话题。黄海林觉得，这两件宝贝给自己的脸上贴了太多的金。

突然有一天，开州城发生了一件挺轰动的事。派出所来了几个民警，把黄海林叫了过去。黄海林回来的时候，天已经很黑了，他的身后跟着他的宝贝女儿黄巧。黄巧在外地因为做一种很脏的活，被抓了，现在给遣送了回来。黄海林带着黄巧一言不发地走出派出所后，刚走上街还是被不少人看到。许多人还是习惯性地和黄海林打招呼，问好，但黄海林明显感觉到那些招呼里有着一种怪怪的味道。

突然间，黄海林发现自己的脸上有一团湿润的东西。黄海林正用手摸的时候，听到一个妇人的声音：啊呸，丢人呐！黄海林知道，贴在自己脸上的肯定是一团唾沫了。

回家后，黄海林一直没有出门。外人求医，也被一律拒绝。很快，黄海林病倒了，他知道这病他自己也治不好。

几天后的一个黄昏，黄海林躺在床上努力地盯着天说，我先前只知道唾沫能救人……

说话间，黄海林咽了气。

琴　王

　　他来村子的时候，只有八岁。他让一个老人牵着手，背上背着一把发亮的胡琴。他们住在村子的最东边。每个傍晚，老人都手把着手教他拉琴。他总是心不在焉地拉着，琴声咿咿呀呀的像杀鸭一样难听。于是就有人笑话他，就他这样子也拉琴。每当这时，老人就一脸微笑地说，不，他是将来的琴王呢。

　　人们就感到好笑，索性就叫他琴王吧。

　　村子的中央，有一所小学，破破烂烂的，仿佛一阵风就能吹倒。村里的小孩大多在那里上学。小学校的老师是从山外来的两个年轻人。人都长得很斯文不说，一到了晚上，两个年轻人还莫名其妙地哭。呜呜的哭声让整个村子都好奇。

　　有空，琴王就爱到学校去玩。琴王喜欢趴在教室的窗外，听老师讲课。渐渐地，他就和老师熟了。老师哭的事他自然就知道了。

　　他把这件事告诉了和他一起的老人。此后的每个傍晚，人们都会看见老人牵着他到小学校里去。然后小学校里就有了咿咿呀呀的琴声。只是再也没有了老师的哭声了。

　　他慢慢地长大，琴声却没有多少变化。老人依旧手把手地教他。每个傍晚，他们依旧去村里的小学校。学校的老师换了一个又一个，但再也没有人哭过。

那阵子村里修公路，在傍晚的时候就放炮。那个傍晚他和老人一起去学校，突然"轰"的一声响，他和老人同时飞了起来。

后来，村子里一整天都有咿咿呀呀的琴声在响。他闭着眼，疯狂地拉着琴。他把自己的手都拉破了，殷殷地渗着血。当他走出来的时候，人们发现，他的身边少了那个老人。

他就这样一整天又一整天拉着琴。他不再和其他人说话，也从不在乎别人说什么。他的琴并没有什么进步，依旧十分难听。他背着琴去学校，老师们也不再欢迎。村子里的人渐渐有些讨厌他的琴声。很多次，有人当着他的面说，算了吧，你别打扰我们好吗。他目光木然，仿佛什么也没听到。

再后来，他的表情不再木然。每次拉琴，他都忘我地陶醉。琴弦拉动，他的脸上就漾起微笑。而每到傍晚，他都忘不了去小学校。尽管那里的老师十分讨厌他的琴声。

村子里的人都不喜欢他，看到他都讨厌，因为他从没拉出过动听的琴声来。他制造的，是噪音。小孩子们还当着他的面骂他是疯子。可他都一脸微笑，忘情地拉着。

这个傍晚天空被无数道闪电残忍地划破，汹涌澎湃的洪水如彪悍的巨蟒将村子死死缠住。老人，小孩，所有人都被逼到村里的一个土包上。洪水一次又一次拍打着人们的脚脖子，像死神跃跃欲试的手。

村子在自己的眼前渐渐变小，几块瓦片和木板在水里打旋。有人大声地哭泣，有人唾骂，有人惊叫，有人焦躁地踏着脚步，还有人绝望得准备跳水。天渐渐黑下来。完了，似乎一切都完了。

这时，村子的东头，依旧响起了他悠扬的琴声。只是这次的琴声竟变得无比动听。那琴声里，有清晨撩人心扉的第一声鸡鸣犬吠，有山间清澈见底的潺潺流水，有阳春三月的花开遍地和莺歌燕舞，还有万里碧空的蓝天白云和艳阳高照。那琴声像在述说，像在安慰，让人陶醉，让人忘却，让人变得澄清透明。

人们开始安静下来，认真地听着。人们可从没听过这么好听的琴声呀。渐渐地没有人说话，最后连咳嗽的声音都没有。人们醉了。在他的琴声面前，所有的行为都显得粗俗和浮躁。谁都不敢妄动，生怕打破这份美好。只有安静，才能维持这份隽永。在人们心里，渐渐装进了一湖平静的水。

终于，远处亮起了一点火光，是救生船来了。所有的人站了起来。但没有人拥挤，也没有人喧哗，因为他的琴声依旧那么悠扬和平静。当船靠近的时候，人们像是有人指导，都乖乖地站好，然后先是老人和小孩上船，再是妇女和男人。一切都井然有序。

最后，在他悠扬的琴声里，人们都顺利上了船。这时水越来越大，村子很快就没了。但直到船顺利启动，他的琴声还在进行，人们还陶醉在他的琴声里。

糟了，还有他！有人忽然回过神来。

是呀，怎么漏了他，快喊。

琴王！琴王！

喊，只有琴声在响。再喊，还是只有琴声在回答。

他是聋子呀，怎么听不见？

对，他就是个聋子。那次出事，他震聋了耳朵。救生船上的一个老医生突然想起。

就在这时，琴声戛然而止。